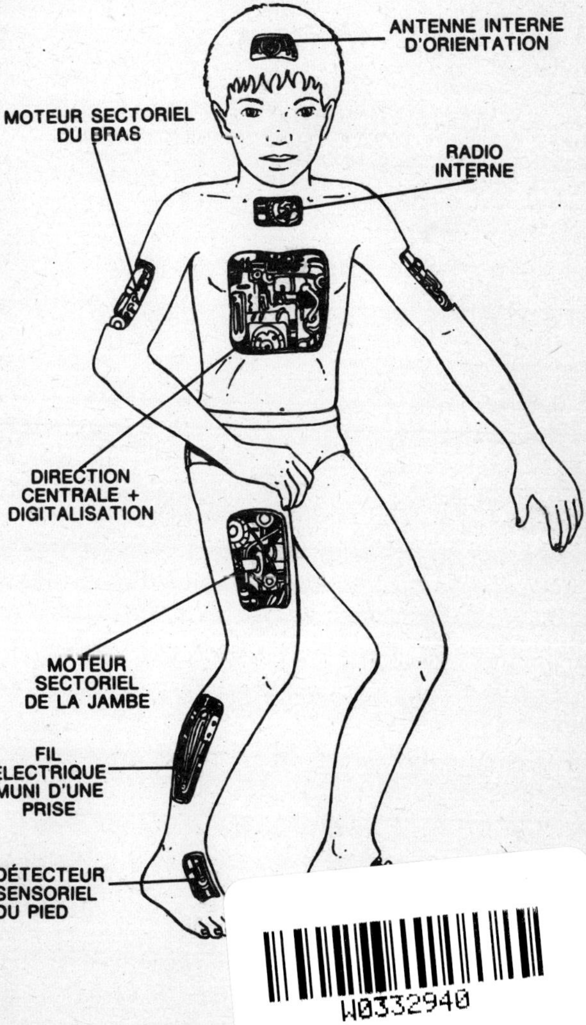
ANTENNE INTERNE D'ORIENTATION
MOTEUR SECTORIEL DU BRAS
RADIO INTERNE
DIRECTION CENTRALE + DIGITALISATION
MOTEUR SECTORIEL DE LA JAMBE
FIL ÉLECTRIQUE MUNI D'UNE PRISE
DÉTECTEUR SENSORIEL DU PIED

Seth McEvoy

L'androïde

Le monstre affamé d'acier

Traduit de l'américain par
Geneviève Le Moal

Illustrations de Marie-Marthe Collin

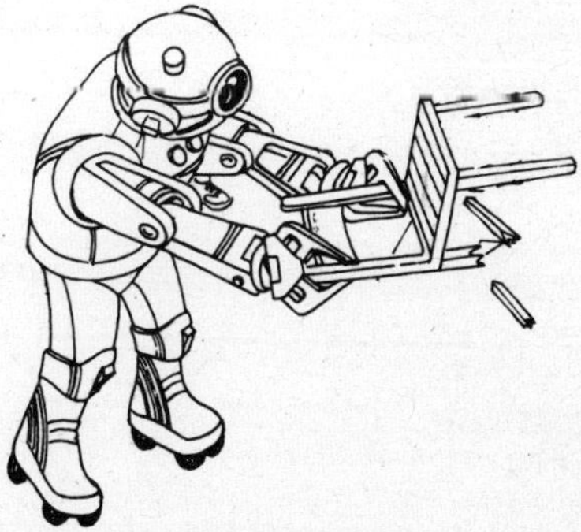

Hachette

L'édition originale de cet ouvrage a paru en langue anglaise chez Pocket Books, New York, dans la collection NOT QUITE HUMAN[T.M.], sous le titre :

KILLER ROBOT

A partir de 11 ans.

Journal de Jonas Carson

le 26 décembre

Hier, jour de Noël, Chip a déballé ses cadeaux, tout comme Becky et moi ! Ses yeux photoélectriques semblaient sourire quand il a découvert un modèle réduit de station spatiale du XXIᵉ siècle... Il a beau n'être qu'un androïde électrologique intégré C-13, son programme de réponses verbales émotionnelles fait de constants progrès. Chaque jour, il ressemble un peu plus à un véritable garçon de treize ans. Personne ne le soupçonne d'être un androïde malgré sa peau de plastique multiflex hyper-élaboré. Ses bras et ses jambes, quant à eux, entrent en activité grâce à des moteurs sectoriels synchronisés. L'ensemble est alimenté par une pile à hydrogène et chrome.

Bien entendu, il y a toujours quelques petits détails qui ne vont pas. Mais je ne cesse de travailler à les éliminer. Par exemple à Noël, j'ai éclaté de rire quand Chip m'a offert une seule chaussure en m'expliquant qu'il envisageait de m'offrir la seconde pour mon anniversaire.

Becky m'a fait cadeau d'une épingle de cravate en argent gravé. Elle a paru apprécier la veste que je lui avais achetée. Il est difficile pour un père de connaître les envies de sa fille de douze ans. Quand sa mère était en vie, elle m'aidait à découvrir les goûts de Becky. Mais maintenant, je dois me débrouiller tout seul.

Heureusement, nous avons devant nous toute une semaine de vacances. J'en ai bien besoin, après les jours que nous venons de vivre. Je suis à peine remis des émotions que m'a données le danger couru par Chip et par Becky à l'occasion de la représentation théâtrale du collège. Je n'arrive toujours pas à admettre qu'on puisse organiser un tel sabotage, ni surtout que certains aient pu croire que Chip était à l'origine de pareilles ignominies. Heureusement, son programme logique a su démontrer que la responsable était Heather Lucas. A un moment, j'ai craint qu'Heather ne s'amourache de Chip. Mais elle est, maintenant, dans un centre de jeunes délinquantes. Chip est très beau, avec ses yeux bleus et ses cheveux blonds. Les filles convoitent son amitié. Erin Jeffries continue à le considérer comme son petit ami, mais j'ai programmé Chip pour qu'il l'encourage le moins possible.

Je suis revenu sur mon idée d'armer Chip. Du jour où il a été attaqué par un chien. Je l'avais muni d'un rayon de défense à charge dynamique qui s'échappait du bout de ses doigts. Mais je l'ai finalement jugé trop dangereux et je l'ai retiré. Si par accident Chip blessait quelqu'un, il me faudrait renoncer à mon projet et toutes ces années de travail seraient anéanties. Je ne serais plus alors en mesure de prouver au monde que les androïdes sont appelés à devenir des éléments utiles de notre société.

Becky m'appelle. Peut-être a-t-elle entendu les dernières prévisions météorologiques concernant le cyclone qui est annoncé demain sur notre ville de Harbor. Puisqu'il n'y a pas de cours avant une semaine, la tempête peut frapper, nous resterons bien au chaud à la maison et passerons des vacances tranquilles.

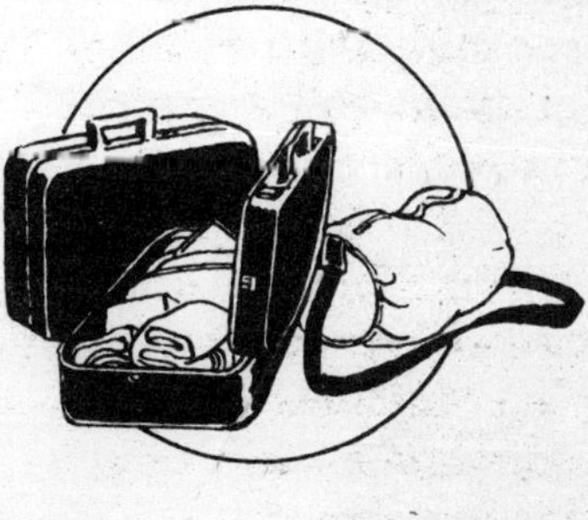

Chapitre 1

« Voilà la dernière, dit Chip en montant du sous-sol une grande boîte de matériel électronique.

— Chip, c'est incroyable ! Tu as déménagé tout le sous-sol dans la nuit ! s'écria Becky. Papa sera content que tous ses trucs électroniques soient en sécurité en haut. La cave risque d'être inondée pendant le cyclone. »

Comme la pluie commençait à frapper les carreaux du living-room, Becky les barra de ruban adhésif pour éviter que la violence du vent ne les fasse voler en éclats.

« J'ai du mal à croire que d'ici deux heures notre ville de Harbor sera secouée par un cyclone.

— Tu crois que le présentateur de télévision a menti ? demanda l'androïde. Sa carte avait pourtant l'air très au point.

— Non. C'est moi qui ne veux pas y croire.

— Je crains que tu n'y sois contrainte », déclara Carson en pénétrant dans la maison. Son poncho jaune dégoulinait. « La tempête s'est déchaînée. Il pleut plus fort que jamais et le vent souffle à soixante-douze kilomètres à l'heure. Il soufflera trois fois plus fort pendant le cyclone.

— Tu crois que nous sommes en sécurité ? s'enquit Becky en tortillant nerveusement une mèche de cheveux châtains. Pourquoi le cyclone Zelda ne s'attaque-t-il pas à une autre ville ?

— Il tombera sur bien des villes, répondit Carson. La meilleure chose que nous ayons à faire est de garder notre calme. Tout à l'heure, sur le port, les gens couraient comme des fous. La rue Maple était déjà inondée.

— Mais c'est à trois rues d'ici ! s'écria Becky. Nous devrions peut-être partir ?

— Peut-être, répliqua le savant. J'ai d'abord pensé que l'eau ne viendrait pas jusqu'ici, mais j'ai la très nette impression que je me suis trompé.

— Il n'y a pas de souci à se faire, dit l'androïde. J'ai sorti tout ce qu'il y avait dans le sous-sol.

— Ce n'est pas si simple, Chip. Si l'eau entoure la maison, nous serons isolés. Que l'un de nous soit blessé et nous n'aurons aucun recours.

— Où aller ? s'inquiéta Becky.

— Que dit la radio ? demanda Carson.

— Elle ne dit rien : Becky l'a éteinte, rétorqua l'androïde.

— Désolée, papa. Il n'y a pas longtemps. Ils

n'arrêtent pas de répéter les mêmes choses. Je vais la rallumer. »

« *... locales proposent à tous les habitants des zones susceptibles d'être inondées de se réfugier dans les écoles. Nous répétons l'information : Les autorités locales proposent à tous les hab...* »

« Ce n'est pas ce qu'ils disaient il y a une heure, sursauta Becky. Dépêchons-nous.

— Oui, dépêchons-nous, acquiesça Carson en essuyant les verres épais de ses lunettes avec un torchon. Emportons une caisse de vivres et quelques vêtements. Je m'occupe de ce dont Chip peut avoir besoin. Et n'oublie pas d'emporter les objets auxquels tu tiens le plus. La maison pourrait être emportée.

— Emportée ? s'affola Becky. Tu crois qu'elle sera submergée ?

— C'est possible. Mais ce qui m'inquiète surtout, c'est la vitesse du vent. La maison pourrait être complètement détruite. Et je ne parle pas du pillage.

— Là, tu exagères, papounet ! s'indigna Becky qui jetait frénétiquement des comestibles dans une caisse vide. C'est une chose qui n'arrive pas par ici !

— On ne sait jamais, lui répondit son père. Les gens peuvent être saisis de folie dans les moments dramatiques.

— Papa, j'ai entendu quelque chose, dit Chip.

— C'est sûrement la tempête, supposa Becky. Jamais de ma vie je n'ai entendu un tel vacarme. Grimpe au premier, Chip. Je voudrais que tu m'aides à transporter ma collection de disques dans la jeep.

— Becky, je regrette, mais tu ne peux emporter qu'une seule caisse, dit Carson. Il n'y aura pas tellement de place au lycée.

— Mais, papounet, protesta la jeune fille, je ne peux pas les laisser là !

— Mon programme de dépistage auditif perçoit que ce quelque chose vient de dehors, insista Chip. Dois-je aller voir ?

— Va à la porte d'entrée et écoute, ordonna Carson. Mais ne sors pas : c'est épouvantable, dehors. Becky, monte vite chercher tes affaires. On partira dans dix minutes au plus tard.

— D'accord, papounet ! »

Chip ouvrit la porte d'entrée. Le vent hurlait et la pluie s'abattit sur le tapis.

« J'entends la voix de M. Simpson, le policier que nous connaissons bien. Il est dans la rue et crie quelque chose dans le haut-parleur de sa camionnette.

— Quoi ? demanda Carson en sélectionnant une boîte de matériel électronique parmi d'autres.

— Que la population est priée de se rendre immédiatement au lycée de Harbor.

— Merci, Chip. Ferme la porte. Il faut que nous sortions le plus vite possible. Prends quelques vêtements et mets-les dans une caisse. Ensuite, aide-moi à transporter l'ordinateur dans la jeep.

— Mais, papa, dit Chip, je n'ai pas rechargé

ma pile à hydrogène et chrome depuis hier. Il ne reste plus que quinze minutes d'énergie avant que mon niveau de chargement ne tombe au-dessous de la normale.

— Quoi ? hurla Carson.

— Je dis que...

— Une minute. Quand, pour la dernière fois t'es-tu rechargé ?

— Hier soir, après le dîner. Mais toute la nuit, j'ai déménagé le matériel du sous-sol. Le résultat est que j'arrive au bout de ma réserve.

— Nous aurons les plus graves problèmes si tu ne te recharges pas immédiatement. Va dans ta chambre et branche-toi jusqu'à ce que nous partions. Tu n'auras pas le temps de te recharger complètement, mais chaque seconde sera précieuse. Pendant ce temps, Becky et moi allons charger la voiture. »

Chip gagna sa chambre, déroula le mince fil électrique qui occupait une cavité dans son tibia et le brancha dans la prise murale. Le courant afflua dans sa pile.

Fzzzpptt !

Les lumières s'éteignirent.

« Papa, cria Chip, je crois que j'ai fait sauter un plomb.

— Je descends m'en occuper », répondit Carson.

En attendant que le courant revienne, Chip regarda par la fenêtre. Il était neuf heures et demie du matin et, pourtant, il faisait nuit noire. La pluie martelait lourdement la terre.

Des branches d'arbres heurtaient la maison et le vent déchirait l'air.

Crac ! Une énorme branche s'écroula chez les voisins.

Le courant n'était toujours pas revenu. Chip se rendit à tâtons dans la salle de séjour et détecta la silhouette de son père grâce à son infravision.

« Ce n'est pas un court-circuit, papa ?

— Non, répondit Carson. La tempête a dû couper une ligne quelque part. As-tu pu te recharger ?

— Un tout petit peu, avoua l'androïde. Veux-tu que je t'aide à remplir la voiture ?

— Non. Enfile ton imperméable, va t'asseoir à l'arrière de la jeep et éteins tes circuits pour économiser toute l'énergie possible.

— D'accord, papa ! »

Chip suivit les instructions de son père.

Juste avant d'éteindre ses circuits, il aperçut Erin Jeffries qui avançait difficilement vers lui dans la tempête.

Elle courut jusqu'à la jeep et cogna au carreau. Ses longs cheveux roux remontaient sur son chapeau à l'épaisse bordure et elle tenait étroitement serré le col de son ciré jaune.

« Chip ! cria-t-elle. J'espérais que tu serais encore là ! »

Chip ne pouvait pas répondre puisqu'il était débranché. Il reposait tranquillement, les yeux clos.

Erin cogna encore à la vitre.

« Hé ! réveille-toi, idiot, ce n'est pas le moment de dormir ! »

C'est alors que Carson apparut à la porte, transportant une énorme caisse de vivres :

« Erin, que fais-tu là ?

— Je venais m'assurer que Chip était en sécurité, répondit-elle. Pourquoi dort-il ?

— Il a passé la nuit à vider la cave. Il est épuisé. Est-ce que tes parents savent que tu es dehors dans la tempête ?

— Non. Ils passent le week-end chez mon oncle et ma tante. Ils m'ont laissée chez Cristy.

— Écoute, il ne faut pas que tu restes dehors, dit Carson. C'est trop dangereux. Tu ferais mieux de venir avec nous au collège. Rentre dans la maison et appelle les parents de Cristy pour leur dire où tu es. Le cyclone va arriver incessamment.

— Très bien, dit Erin. Merci, monsieur Carson. »

Elle courut à la maison.

A peine eut-elle disparu que Carson prit un crayon dans sa poche. Il l'introduisit dans l'oreille gauche de l'androïde, agissant ainsi sur l'interrupteur de ses commandes générales.

Clic !

Chip ouvrit les yeux et regarda autour de lui.

« Nous ne sommes pas au lycée ? On dirait notre maison.

— C'est bien notre maison, l'informa rapidement Carson. Erin est là, elle croit que tu dors.

— Il doit y avoir quelque chose qui fonctionne mal dans mes circuits dynacinétiques, coupa Chip. Je ne vois pas Erin et je ne dors pas.

— Pas le temps de t'expliquer, s'impatienta Carson. Nous devons partir sans plus tarder. Reste là ; je finis de charger la voiture. » Et il retourna dans la maison.

Becky et Erin accouraient, un énorme carton dans les bras.

« Ouvre le coffre ! » cria Becky.

Chip se précipita et ouvrit le sas arrière.

« Bonjour, Erin, dit-il, je dors.

— Tu n'as pas l'air de dormir, fit Erin en riant.

— Il lui arrive de parler en dormant, rétorqua Becky. Viens, il y a encore une caisse de vivres. »

Une voiture de police stoppa devant la maison. Mme Bailey, la femme policier de Harbor, sortit la tête par la fenêtre.

« Les enfants, vous devriez être à l'école !

— Nous n'avons pas classe le samedi, l'informa Chip.

— Je voulais dire : vous devriez être au lycée, expliqua promptement Mme Bailey. Le cyclone sera là d'une minute à l'autre. Toute la population est censée être au lycée. Où est M. Carson ?

— Ici, répondit le savant en tirant un gros carton vers la voiture.

— Monsieur Carson ! s'exclama Mme Bailey. Vous auriez intérêt à gagner le lycée sur-le-champ. Les routes sont inondées et vous ne pourrez bientôt plus passer.

— Mais nous avons encore des choses à emballer, protesta Becky.

— Écoutez-moi, poursuivit Mme Bailey. Je ne peux pas vous obliger à partir, mais si vous ne voulez pas faire le chemin à la nage, allez-y tout de suite. Il y a déjà soixante centimètres d'eau à Oak Drive. Je n'ai pas le temps de discuter, mais suivez mon conseil. » Et sur ces mots, elle démarra en trombe.

« Je ne crois pas que je saurai nager, dit Chip. Je suis trop lourd.

— Quelle importance ? s'étonna Erin. Tout le monde peut flotter.

— Tous en voiture, coupa Carson. Il est temps de partir.

— Et l'ordinateur ? s'inquiéta Chip. J'en aurai besoin, si nous restons là-bas toute la nuit.

— Nous verrons cela plus tard, répondit le savant en s'installant au volant.

— Mais, papounet, objecta Becky, je n'ai pas encore pris tous mes habits, ni mes disques préférés.

— Ne te fais pas de soucis, Becky, la rassura Carson. Avec un peu de chance, nous nous assoirons juste quelques heures dans la salle de gymnastique du lycée, après quoi nous pourrons rentrer à la maison. Erin, j'exige que tu ne nous quittes pas jusqu'à ce que tu aies retrouvé les parents de Cristy.

— Oh, ne vous en faites pas ! s'exclama la

jeune fille en prenant place à côté de Becky. Je ne demande qu'à passer la journée avec Chip. »

Becky la dévisagea avec colère et détourna les yeux.

La voiture prit la route détrempée en direction du lycée. La pluie torrentielle rendait la progression difficile. Becky regarda tristement sa maison.

« J'espère qu'elle sera encore là quand nous reviendrons.

— Le cyclone risque-t-il vraiment de la détruire ? demanda Chip.

— Tout peut arriver, répondit Carson. J'ai entendu à la radio que les vents pouvaient atteindre jusqu'à deux cent quarante kilomètres à l'heure et qu'ils étaient parfois accompagnés de tornades.

— Nous serons en sécurité, dit Becky avec confiance. Je n'ai pas peur.

— Moi non plus, renchérit Erin. Et puis ils exagèrent toujours les risques pour être sûrs que les gens prennent les précautions nécessaires.

— Fip lible bib, dit l'androïde.

— Qu'est-ce que tu racontes, Chip ? demanda Erin.

— Ouible toum gar nouille.

— Oh, il est vraiment fatigué ! lança rapidement Carson. Chip, n'essaie pas de parler. »

Chip acquiesça de la tête. Le niveau de sa réserve électrique était si bas que les circuits

de sa mémoire électrologique avaient perdu le contrôle de ses circuits d'élocution.

Becky frémit.

« Chip a transporté des caisses toute la nuit et il est éreinté.

— Je comprends, dit Erin. Attention ! »

Vlan !

Un arbre énorme s'écroula devant la jeep. Carson fit une embardée et freina.

« Tout va bien ? demanda-t-il.

— Oui, répondirent Becky et Erin.

— Moups », ajouta Chip.

Carson manœuvra délicatement pour éviter l'arbre.

« Espérons qu'aucun arbre ne s'abattra sur notre maison, soupira Erin. Ou sur la vôtre, ajouta-t-elle.

— Ne pense pas à ça, répondit Becky. Mais où sommes-nous ? La pluie est si dense qu'on ne voit rien.

— Le lycée n'est plus très loin, dit Carson. Regardez à droite.

— La rue est inondée ! cria Becky. J'espère que nous n'allons pas passer par là !

— Non. Nous devrions pouvoir la contourner.

— Ne te tourmente pas, Chip, le rassura Erin. Nous arrivons bientôt et tu pourras dormir.

— Dwizzz, kon rab rab.

— Est-ce qu'il parle toujours comme ça quand il a sommeil ?

— Bien sûr ! répondit Becky en regardant par la fenêtre. Papa, est-ce que nous verrons le cyclone avant qu'il ne nous tombe dessus ?

— Non, répondit le savant. Tu confonds tornade et cyclone. Les cyclones sont faits uniquement de vents et de pluies. Ce qui est sûr, c'est que la tempête grossira.

— Pourvu que papa et maman soient en sécurité ! s'exclama Erin. Vous pensez que Greenville va souffrir autant que Harbor ?

— Il est encore trop tôt pour le savoir.

— Voilà le lycée ! cria Becky.

— Oh ! toutes ces voitures ! s'étonna Erin. La moitié de la ville doit être là.

— Grâce au ciel, le lycée a de l'électricité », dit Carson.

Un policier fit signe à Carson de se garer sur le terrain de football.

« Que chacun prenne un carton, ordonna Carson quand la jeep fut arrêtée.

— Stol combis ?

— Tu vas bientôt pouvoir dormir, dit Erin à Chip. Je n'arrive pas à croire que tu es resté éveillé toute la nuit.

— Ce n'était peut-être pas une très bonne idée, déclara Becky en soulevant un carton. Venez, allons nous mettre à l'abri. »

Chip, Becky, Erin et Carson se précipitèrent dans le gymnase du lycée. Des centaines de gens étaient assis sur des chaises pliantes. Certains regardaient la télévision sur l'estrade pendant que les autres discutaient avec volubilité.

« Si seulement Brian pouvait être là ! s'écria Becky en promenant son regard sur la foule.

— Je suis certaine qu'il se cache quelque part », répondit Erin.

Becky soupira.

« Malheureusement, non ! Il est parti chez ses grands-parents pour les vacances.

— C'est trop bête, reconnut Erin.

— Oui, opina Becky lugubrement. Viens, trouvons une place pour poser tout ce bazar. »

« Le cyclone Zelda se dirige vers le nord à une vitesse de quarante-huit kilomètres à l'heure, annonça le commentateur de télévision. Il sera sur Harbor vers midi quarante-cinq et ses vents atteindront la vitesse de deux cent quarante kilomètres à l'heure. »

« Mais c'est dans moins d'une heure ! s'écria Becky.

— Choisissez un emplacement, commanda Carson. Becky, Erin et toi, restez avec les affaires. Chip et moi allons dehors pour voir si nous pouvons aider.

— Pas question ! refusa Erin. Nous ne sommes pas de faibles femmes. Nous pouvons aider.

— Ce n'est pas ce que je voulais dire, se hâta de répondre Carson.

— Erin a raison, approuva Becky. Viens, Erin, allons-y ! Laissons-les surveiller les affaires !

— D'accord, consentit Erin. De toute façon, Chip a besoin de dormir, n'est-ce pas, Chip ? »

L'androïde fit un pas. « Twiiit... » Mais brusquement, son gyroscope interne manquant d'énergie, il trébucha.

Carson poussa vigoureusement Becky pour qu'elle ne soit pas écrasée par les deux cent dix kilos de Chip.

« Vite, un docteur ! cria Erin. Chip est blessé ! »

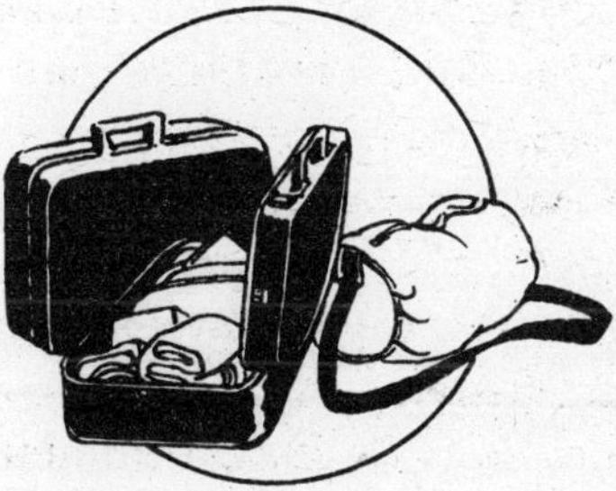

Chapitre 2

Carson se pencha vers l'androïde et lui souffla à l'oreille :

« Éteins tous tes circuits, sauf ceux qui dirigent tes jambes et ton gyroscope interne et suis-moi.

— Chip s'est peut-être blessé, s'écria Erin. Un docteur !

— Mon père est docteur, dit Becky.

— Allons, Becky, je ne suis pas docteur en médecine, mais en sciences, corrigea Carson. Quant à Chip, je suis sûr qu'il a seulemcnt besoin d'un peu de repos. Viens, Chip, lève-toi. »

L'androïde se mit debout d'un mouvement incertain.

« Vous voyez ? décréta Carson. Il va bien. Il est simplement abruti de sommeil.

— Si vous le dites, répondit Erin sans conviction.

— Ne t'inquiète pas, insista Becky. Il ira mieux quand il aura récupéré. Viens, Erin, allons aider les gens à s'installer.

— Comme tu voudras, accepta celle-ci à contrecœur. Fais de beaux rêves, Chip.

— Gribol.

— Ce qu'il est marrant, quand il est éreinté, dit Erin à Becky comme elles s'éloignaient toutes les deux. Comment résistes-tu à tant de charme ?

— Il n'est pas si marrant, crois-moi », répondit Becky en traversant le gymnase à grands pas.

Dès que les filles eurent le dos tourné, Carson déclara à Chip :

« Nous allons chercher une classe vide où tu pourras te recharger.

— Walzok ? demanda l'androïde.

— Suis-moi, Chip. Je ne connais pas les lieux. Allons prospecter, vite ! »

Chip et Carson se dirigèrent vers une porte latérale. Mais avant qu'ils ne l'aient atteinte, un petit homme fluet leur barra le chemin :

« Nous vous serions reconnaissants de rester dans le gymnase. Le reste du lycée est interdit au public.

— Ça commence à être bondé, ici, répondit Carson. Mon fils a veillé toute la nuit pour transporter des cartons en lieu sûr et il lui faut un endroit calme où se reposer.

— La plupart d'entre nous a veillé la moitié de la nuit, rétorqua l'homme. Je suis professeur dans ce lycée, et on m'a demandé de maintenir les gens dans l'enceinte du gymnase.

— Ah ? s'étonna Carson en lui tendant la

main avec un large sourire. Moi aussi, je suis professeur. J'enseigne les sciences au collège de Harbor. Je me présente : Jonas Carson.

— J'ai entendu parler de vous. Moi aussi, je suis professeur de sciences : Bud Cooney. Nous devrions nous rencontrer, de temps en temps.

— Ziib Toulat.

— Que dit-il ?

— Zib... »

Carson s'excusa :

« Mon fils est exténué. C'est pourquoi j'espérais trouver une classe où il pourrait faire un somme. J'en prends la responsabilité.

— Bon, je pense que vous pouvez passer », dit M. Cooney en ouvrant la porte.

Carson traversa le hall avec Chip. Comme il empruntait un couloir, il aperçut deux femmes venant en sens inverse. Elles s'arrêtèrent.

« Monsieur, s'il vous plaît ! s'écria l'une d'elles.

— Zut ! murmura Carson.

— Excusez-moi, dit la femme, vous êtes de la maison ?

— Je..., eh bien..., bredouilla Carson.

— Vous ne sauriez pas où est le gymnase ? »

Carson poussa un soupir de soulagement.

« Juste là », dit-il en indiquant l'endroit d'où il venait.

Elles le remercièrent.

« Filons vite avant de rencontrer quelqu'un d'autre », chuchota Carson.

Ils s'éclipsèrent. Chip trébucha de nouveau.

« Tâche de tenir encore quelques secondes, Chip, nous arrivons. »

Chip tomba en avant et percuta le mur. Carson l'empoigna d'une main, et de l'autre ouvrit la porte d'une classe. Dès qu'il fut entré, Chip glissa au sol. La pluie martelait la fenêtre et les arbres se tordaient violemment de tous les côtés.

« Du nerf ! l'encouragea Carson. Branche-toi à la prise. Je vais garder la porte.

— Ka kotan ?

— Tu veux dire "combien de temps" ?

— Ki.

— Fais-moi un signe de la tête, quand tu veux dire... et puis ça n'a pas d'importance. Branche-toi une demi-heure. Cela devrait te fournir suffisamment d'énergie pour tenir jusqu'à la fin de la tempête.

— Kiki. »

Carson hocha la tête et regarda son androïde se brancher à la prise murale. Il allait sortir quand une des fenêtres s'ouvrit d'un coup sous une rafale. La pluie s'abattit sur le sol.

Carson bondit et tenta de fermer les battants, mais le vent était si violent que l'appui de la fenêtre fut projeté sur lui et le renversa. Il sauta sur ses pieds et poussa de toutes ses forces. Il parvint enfin à fermer la fenêtre et se dirigea vers la porte.

Il jeta un coup d'œil par la partie vitrée et vit M. Grosbeak, le professeur de gymnastique du collège de Harbor. Celui-ci l'aperçut et lui fit signe de le rejoindre. Bien qu'il n'en eût aucune envie, Carson lui rendit son signe de la main, ouvrit la porte. En la refermant, il jeta un dernier coup d'œil à Chip étendu par terre.

« Que fabriquez-vous ici, Carson ? Tout le monde est censé être dans le gymnase.

— Je cherche mon fils. Nous nous sommes séparés en entrant, répondit Carson, mal à l'aise. Et vous-même, que faites-vous là ?

— Le proviseur de cet établissement, M. Masters, m'a chargé d'assurer la surveillance dans le hall, expliqua M. Grosbeak. Et si j'attrape Chip en délit d'indiscipline, il le regrettera.

— L'innocence de Chip a été prouvée à chacune des accusations portées par vous ou par d'autres.

— A l'heure qu'il est, il est sûrement en train de briser une fenêtre, répliqua M. Grosbeak avec cynisme. Cherchons-le. » Le professeur de gymnastique pénétra dans une classe toute proche et alluma. « Il n'est pas là. »

Mais brusquement, les lumières s'éteignirent.

« Il n'y a plus de courant, dit M. Grosbeak. Il fait si noir qu'on n'y voit presque pas. Heureusement, j'ai une torche. Nous pouvons poursuivre nos recherches.

— Nous devrions peut-être nous séparer, suggéra Carson.

— Si vous voulez, consentit M. Grosbeak en allumant sa lampe électrique. Je retourne au gymnase pour voir M. Masters. Vous, cherchez votre fils vous-même.

— Merci, répondit Carson, le sarcasme dans la voix. A tout à l'heure. »

Non loin de là, dans la classe, Chip se débrancha tout seul. Les quelques minutes durant lesquelles il avait pu se recharger le soutiendraient au moins une heure.

« Papa, appela-t-il, il n'y a plus de courant. »

Comme il ne recevait aucune réponse, il enroula le fil électrique dans son tibia et partit à la recherche de son père. Ses circuits ayant opéré à un niveau inférieur à la norme peu de temps auparavant, il n'avait pas gardé dans sa mémoire l'itinéraire qui lui aurait permis de revenir au gymnase. Il emprunta donc un chemin au hasard et longea un couloir sombre.

Alors qu'il tournait à droite au bout du couloir, son infravision détecta à l'autre bout d'un corridor une personne qui lui était inconnue.

« Vous n'auriez pas vu M. Carson ? demanda-t-il à voix forte.

— Non, répondit l'homme. Moi aussi, je me suis égaré. Qui es-tu ?

— Chip Carson. Et vous ?

— Maximilien La Rue. Appelle-moi Max. Je suis en vacances à Harbor. J'ai l'impression que j'ai choisi le mauvais moment. Le catalogue de l'agence de voyages ne faisait pas mention de cyclones.

— Le présentateur de la télévision a prétendu que c'était un cyclone anormalement tardif dans la saison, expliqua Chip.

— C'est sans doute ce qui explique son nom de Zelda, dit Max. Les noms qu'on leur donne sont choisis suivant l'ordre alphabétique.

— Et s'il y a plus de vingt-six cyclones dans l'année ?

— Je doute que cela puisse arriver. Viens, mon grand, retournons au gymnase avant que le cyclone ne se déchaîne. »

Max se mit à tâter le mur pour trouver son chemin. Chip le suivit.

« Le lycée risque-t-il d'être emporté ?

— Non. Il semble solide, observa Max. Y a-t-il eu beaucoup de cyclones, ici ?

— Je ne sais pas, répondit Chip. Nous sommes arrivés à l'automne. Je ne suis pas au courant.

— De quoi es-tu au courant, alors ?

— Je me débrouille avec les ordinateurs, dit Chip qui obéissait à son programme de conversation. Et je connais une foule de choses sur les robots.

— Les robots ! C'est un sujet intéressant, dit Max. Tiens, je vois des lumières, là-bas. Allons voir. »

Un rai de lumière fusait sous la porte de la salle 127. Max ouvrit la porte et entra, Chip derrière lui.

Une lampe alimentée sur piles était accrochée au plafond, éclairant des dizaines de cartons empilés.

« Ce n'est pas le gymnase, dit Chip.

— Je me demande ce qu'il y a là-dedans, murmura Max en ouvrant un carton.

— Que faites-vous là ? cria une femme de l'autre côté de la pièce. Sortez d'ici !

— Pourquoi ? demanda Max en refermant vivement le carton. Ne sommes-nous pas dans un lycée ? Un lycée est une école publique.

— Vous n'avez pas le droit de venir ici. Si j'étais vous, je regagnerais le gymnase avant de m'attirer des ennuis.

— Que se passe-t-il, mademoiselle Baxter ? demanda un homme qui apportait un autre carton. Monsieur le proviseur m'a assuré que personne ne viendrait dans cette partie du bâtiment.

— C'est ce que j'essaie de dire à ces messieurs, monsieur Axelrod. Je ne sais pas comment ils sont arrivés jusqu'ici.

— La porte n'était pas fermée, dit Chip. Nous cherchions le gymnase.

— Est-ce que cette pièce ressemble à un gymnase ? lança la femme. Allez, John, assez perdu de temps ! Il faut que nous rentrions le reste du matériel avant que la tempête ne se déchaîne.

— Avez-vous besoin d'aide ? proposa Max. Qu'est-ce que c'est que tout cela ?

— Non, merci, coupa M. Axelrod d'un air glacial. Il n'y a là que des informations classées "Top secret" et du matériel protégé par le secret de la Défense nationale. Comme nos bâtiments sont situés au bord de la rivière, nous avons dû tout évacuer. Nous travaillons en majeure partie pour le gouvernement dans des domaines ultra-secrets. Si vous vouliez bien partir, nous pourrions continuer à décharger.

— Enchanté de vous avoir rencontrés, dit Chip en utilisant son programme de politesse.

— Enchantée, enchantée, répondit Mlle Baxter. Mais que je ne vous revois plus traîner par ici.

— Ils ne sont pas très accueillants, constata Max, tandis que Chip et lui reprenaient leurs recherches. Je me demande quel travail ultra-secret ils peuvent bien effectuer. »

Chip recensa tout ce qu'il avait aperçu dans la pièce et dit :

« J'ai remarqué beaucoup de matériel susceptible d'être utilisé en robotique.

— Vraiment ? Très intéressant. Pour quelle raison le gouvernement s'intéresse-t-il à la robotique ?

— Les robots peuvent rendre beaucoup de services, répondit Chip en rapportant les paroles de son père. Ils sont plus forts, plus rapides et plus habiles que les hommes.

— Peut-être, consentit Max. Mais, jamais ils ne pourront les remplacer.

— Mon père pense le contraire, décréta Chip. Il en connaît long sur les robots.

— Si jamais nous parvenons à trouver le gymnase, je serai très heureux de discuter robotique avec lui. Essayons par là. »

Chip ouvrit une porte. Son infravision détecta

des centaines de gens dans une immense pièce. Les points lumineux des lampes de poche et des bougies tapissaient l'espace et des transistors diffusaient les dernières nouvelles sur le cyclone.

« Je crois que nous y sommes, dit l'androïde.

— Chip ! cria Becky en se frayant un passage dans la foule. Où est papa ?

— Aucune idée, répondit son frère. Il est parti de son côté. Voici Maximilien La Rue, qui est en vacances à Harbor.

— Ah ? bonjour, dit Becky. Viens, Chip, allons chercher papa.

— Pourquoi ?

— Parce que quelqu'un a volé nos cartons de produits alimentaires et de vêtements. »

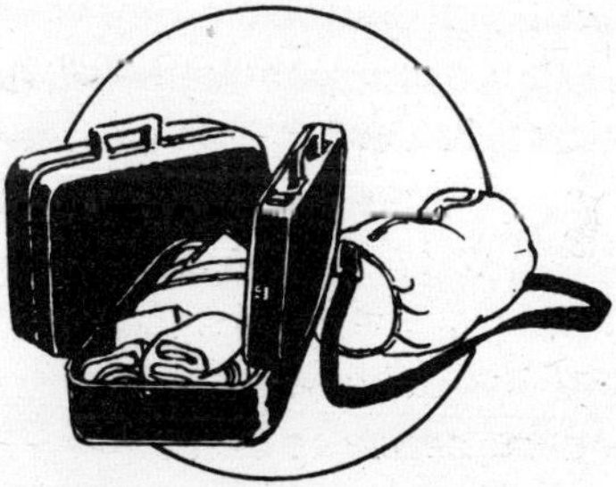

Chapitre 3

« C'est terrible ! s'écria Max. J'aurais juré que les gens faisaient appel au meilleur d'eux-mêmes en de telles circonstances.

— Quand nos cartons ont-ils été dérobés ? demanda Chip.

— Juste après le début de la panne, répondit Becky. Erin et moi étions en train d'aider les gens à s'installer.

— Vous avez peut-être simplement oublié où vous avez posé vos affaires, supposa Max.

— Pas du tout ! insista Becky. Et puis d'autres personnes se sont plaintes que leurs paquets avaient été volés. Il faisait si noir que personne n'a rien vu.

— Je suis sûre qu'ils réapparaîtront, dit Max.

— J'espère bien ! répondit Becky. Certains de mes disques préférés sont dans une de ces caisses, et aussi les "Toasters hurlants".

— Si je vois un toaster qui hurle, je vous préviendrai, promit Max. Bonne chance.

— Merci, répondit Becky. Viens, Chip.

— Au revoir, Max », dit l'androïde.

Becky se pencha vers son frère et chuchota : « Chip, as-tu pu te recharger ?

— Pas entièrement, répondit ce dernier à voix basse. J'ai emmagasiné suffisamment de courant pour alimenter mes circuits électrologiques pendant une heure, pas plus.

— Mais qu'allons-nous faire ?

— Salut, Chip ! dit Jake Blocker qui arrivait. Salut, Becky.

— Ne viens pas nous embêter, Jake. Nous sommes occupés.

— Excusez-moi ! fit Jake avec un sourire ironique. Comment pouvez-vous être occupés dans un gymnase où il n'y a rien à faire, sinon attendre un cyclone ? Il fait trop sombre pour lire et il n'y a rien à la radio à part les informations concernant le cyclone.

— Une partie de nos affaires vient d'être volée, expliqua Becky.

— On a dérobé le grille-pain électrique de Becky, ajouta Chip.

— Tu as apporté ton grille-pain ? s'étonna Jake. Et moi qui trouvais débile que maman ait emporté son fauteuil ancien.

— Mais non ! Les "Toasters hurlants" ! cria Becky.

— Pourquoi hurlent-ils ? demanda l'androïde. Parce qu'ils ont peur du cyclone ?

— Il me semble que c'est le nom d'un groupe de musique rock, dit Jake. De toute façon, vu la violence du vent, je ne serais pas surpris que même un grille-pain ait peur.

— Il faut trouver papa, dit Becky. Mais il fait si noir que nous n'y arriverons pas.

— Je vais vous aider, proposa Jake. Allez de ce côté-ci, moi je vais de celui-là. Je vous retrouve ici dans cinq minutes.

— D'accord. »

Becky passa son bras sous celui de Chip et ils s'enfoncèrent dans la foule.

« Il faut que nous trouvions papa pour qu'il imagine un moyen de te fournir un peu plus d'électricité.

— Si j'allais m'asseoir dans la jeep ? suggéra Chip. Tu viendrais m'y chercher après le passage du cyclone.

— Sûrement pas, répondit Becky. Je ne veux pas que le vent te balaie. Tu es mon seul frère !

— Mais que se passera-t-il quand ma pile sera vide ?

— Papa résout tous les problèmes, affirma Becky sur un ton confidentiel.

— Regarde là-bas, dit Chip. M. Grosbeak a l'air soucieux.

— Pas possible ! s'écria Becky. Il fonce droit sur nous sans nous quitter des yeux. J'espère qu'il ne va pas encore te créer des problèmes.

— Carson, lança le professeur de gymnastique avec agressivité, n'essaie pas de te sauver.

— Mais je n'ai pas le droit de sortir, répondit l'androïde. Me sauver serait dangereux.

— C'est ici qu'on est le plus en danger, vaurien, reprit M. Grosbeak. On a profité de ce que je m'étais absenté quelques minutes pour voler mes valises.

— Qui donc les a volées ?

— Cela pourrait bien être toi !

— Non, je n'ai pas volé vos valises, protesta Chip.

— Alors, tu as volé les valises de qui, Carson ? demanda Marvin Foster.

— Tais-toi, Marvin, dit Becky. Monsieur Grosbeak, vous ne pouvez pas commettre de plus grossière erreur : à nous aussi, on nous a volé nos affaires.

— Tiens, tiens, où les as-tu cachées, Chip ? se gaussa Marvin.

— Il n'a rien caché ! s'indigna Becky. Arrête de t'acharner sur nous. Il faut que nous trouvions notre père avant que... Viens, Chip, allons voir par là. »

Becky se rua dans la foule. Chip ajusta son orientateur d'itinéraire et la suivit.

« Reviens tout de suite ! cria M. Grosbeak. Je veux ma valise ! »

Et boum ! Becky percuta un groupe d'enfants.

« Oh, attention !... Ah ! Becky, héla Jenny Driscoll. Où est ton frère ?

— Je suis là, répondit Chip. M. Grosbeak nous poursuit.

— Il ne sait pas que nous sommes samedi ? demanda Scott.

— Et qu'il y a un cyclone ? ajouta Alex.

— Mais c'est lui, le cyclone », s'écria P.J.

Becky poussa ses amis et s'en fut.

« Tâchez de le retenir, vous tous ! »

Dès que Chip fut passé, les adolescents se prirent par le bras. Quand M. Grosbeak arriva, il se heurta à une barrière d'élèves.

« Bonjour, monsieur Grosbeak, dit Scott. Il y a beaucoup de monde, ici, vous ne trouvez pas ?

— Avez-vous vu Chip ?

— Chip comment ? s'enquit Cristy, le plus innocemment du monde.

— Carson ! Chip Carson ! s'impatienta M. Grosbeak. Il a volé mes valises.

— Qu'y avait-il dedans ? demanda Cristy.

— Tous mes... et puis ce n'est pas votre affaire. Vous essayez de me retenir. »

Pendant ce temps, Chip et Becky cherchaient leur père.

« Combien de temps te reste-t-il, Chip ? chuchota Becky.

— J'ai à peu près quarante-cinq minutes avant de perdre le contrôle de mes circuits électrologiques.

— Et si quelqu'un te voit à ce moment-là, murmura Becky, tout le travail expérimental de papa sera... Ouch ! Regardez où vous... Papa ! Comme je suis contente de te voir !

— Je te cherche partout, s'écria Carson. Comment ça va, les enfants ? Où est Erin ?

— Avec des copains, répondit Becky. Papa, quelqu'un a volé nos affaires. Tous nos cartons ont disparu.

— C'est épouvantable ! dit Carson. Comment

imaginer que quelqu'un profite ainsi des circonstances.

— Ce n'est pas tout, ajouta Becky en baissant la voix. Chip a besoin de se recharger un peu plus ou bien il va encore adopter un drôle de comportement.

— C'est mon grand sujet d'inquiétude. Chip, combien...

— Ne bougez pas ! hurla M. Grosbeak qui les rattrapait.

— Qu'est-ce qui ne va pas ? demanda Carson.

— J'ai quelques raisons de soupçonner votre fils d'avoir volé mes valises.

— C'est vrai, Chip ? demanda Carson à son fils.

— Non, répondit l'androïde. Je n'ai pas pris ses valises, ni aucune autre, d'ailleurs.

— Moi, je sais que c'est lui.

— L'avez-vous pris en flagrant délit ? demanda Carson. N'importe qui peut vous les avoir emportées. Il semble que nos cartons aussi aient disparu.

— C'est une couverture ! s'écria le professeur de gymnastique. Chip a sûrement caché vos propres affaires pour écarter les soupçons. Je sais qu'il meurt d'envie de me piétiner.

— Je ne vois pas pourquoi, murmura Becky.

— Arrête, Becky, dit tristement Carson. Monsieur Grosbeak, mon fils ne peut pas avoir dérobé vos valises. Quand les lumières se sont éteintes, il était avec moi.

— Vous mentez, Carson, lâcha M. Grosbeak

d'un ton glacial. Pour le cas où vous l'auriez oublié, c'est avec moi que vous étiez, quand les lumières se sont éteintes.

— Ah... c'est vrai ! J'avais oublié. Mais Chip était avec moi l'instant d'avant. Et puis, il est incapable de commettre une mauvaise action.

— Tout ceci me semble très louche, répliqua M. Grosbeak en jetant un regard dur à Chip. Quand le cyclone sera passé, je demanderai aux forces de l'ordre de fouiller votre voiture.

— Parfait ! fouillez tout ce que vous voudrez ! cria Carson avec fureur. Fouillez ma maison ! Fouillez le lycée ! Ce n'est pas Chip qui a volé vos valises. Venez, les enfants, allons à la recherche de nos affaires. Peut-être ont-elles juste été poussées sous des chaises ou quelque chose d'analogue. »

Un homme de haute taille s'approcha tout à coup du petit groupe.

« Monsieur Grosbeak, dit-il d'un ton incisif, qu'est-ce que c'est que cette agitation ?

— Chip Carson a volé mes valises, monsieur Masters. Si je ne les retrouve pas dans dix minutes, j'appelle la police.

— Qui est Chip Carson ? demanda M. Masters.

— C'est moi, dit Chip. Mais je n'ai pas volé les valises. Et vous, qui êtes-vous ?

— Le proviseur du lycée de Harbor, répondit M. Masters.

— Moi, je suis la sœur de Chip, dit Becky. Et je sais que mon frère n'est pas un voleur.

— Et moi, je suis son père, dit Carson,

soucieux de se présenter aussi. Je suis professeur de sciences au collège de Harbor.

— Je vais utiliser vos compétences sur-le-champ, monsieur Carson. Bud Cooney, l'un de nos professeurs de sciences, possède dans son laboratoire un générateur qu'il essaie de faire fonctionner. Je voudrais amener un peu de lumière dans ce gymnase, mais je n'ai pas tellement confiance en lui.

— Et mes valises, alors ? tempêta M. Grosbeak.

— Vous feriez peut-être bien de partir à leur recherche, suggéra M. Masters. Je ne crois pas que ce garçon les cache sous sa veste.

— Très bien, grommela le professeur de gymnastique en trépignant.

— Que se passe-t-il, avec ce générateur ? demanda Carson avec un vif intérêt. Je serais enchanté de vous aider.

— Je vous en suis reconnaissant, remercia M. Masters. Pour aller au laboratoire de sciences, prenez cette porte, sur le côté, traversez le hall et tournez à droite.

— Venez, les enfants, dit Carson en se dirigeant vers la porte. Chip, tu vas m'aider.

— Papa, nous avons rendez-vous avec Jake.

— Nous lui avions promis de le retrouver

dans cinq minutes, expliqua Becky. Mais ça ne fait rien, papa. Allons-y.

— Une promesse est une promesse, dit Carson. Becky, va trouver Jake. Chip et moi allons essayer de mettre le générateur en route.

— Très bien, papa. S'il le faut...

— Il le faut.

— Wible fiz bot, répondit l'androïde.

— Oh, non, voilà qu'il recommence ! » s'écria Becky.

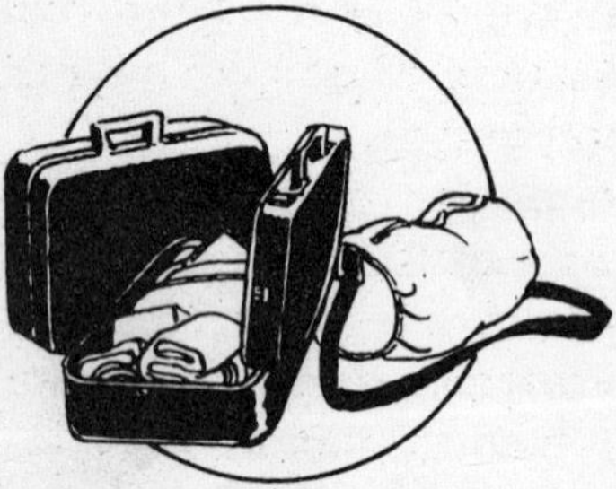

Chapitre 4

« Papa, il faut que tu t'occupes de lui immédiatement, dit Becky, paniquée.

— Mais que puis-je faire ? s'enquit son père.

— Diiiiii wip ! » ajouta l'androïde.

Un puissant grondement au-dessus de leur tête les interrompit.

« Qu'est-ce que c'est ? demanda anxieusement Becky en regardant de toutes parts.

— Le toit, probablement, la renseigna Carson. J'ai remarqué, quand nous sommes arrivés, qu'il était fait d'un épais plastique armé en fibres de verre, aussi vibre-t-il à chaque fois que le vent se déchaîne.

— Il ne va pas s'effondrer, n'est-ce pas ?

— Je ne pense pas, répondit Carson. Je me souviens avoir lu un article sur ces toits de plastique. Ils peuvent supporter des vents très puissants parce qu'ils ploient au lieu de casser. Ne pense plus à cela.

— D'accord, papounet, répondit Becky. Je dois être un peu nerveuse. C'est mon premier cyclone.

— C'est mon premier à moi aussi, dit Carson. Je n'avais encore jamais vécu au bord de l'océan.

— Rouk, rouk nob flible.

— Papa, si tu t'occupais de Chip ?

— Oui, et toi, va retrouver Jake. Cherche Erin, aussi. Souviens-toi que ses parents ne sont pas auprès d'elle.

— Oui, oui, accepta Becky de mauvaise grâce. Mais tu sais que je ne l'aime pas beaucoup.

— Becky, c'est un cas de force majeure. Nous devons nous occuper les uns des autres.

— Très bien, obéit Becky. Bonne chance !

— Zowie, noc, noc », dit Chip.

Carson emprunta l'itinéraire indiqué par M. Masters et conduisit Chip au laboratoire de sciences du lycée. Les fenêtres étaient violemment secouées. La tempête faisait rage.

« C'est vous, Carson ? » dit M. Cooney.

Il était penché sur un grand générateur à essence. Une lampe sur piles éclairait la pièce.

« Je n'arrive pas à faire marcher cet engin.

— Ça n'est jamais facile à réparer, répondit Carson. Chip, assieds-toi là et attends.

— Whou, whou !

— Vous avez là une belle installation, constata Carson... Et beaucoup de matériel. J'aimerais bien en avoir autant dans ma classe. Oh ! un Elmith Frequency Divider ! Il y a longtemps que j'en désire un.

— Je vous abandonne tout le matériel et mon poste de professeur de surcroît ! Je me prépare à partir, dit M. Cooney. J'en ai assez de l'enseignement, assez d'obliger à travailler des enfants qui ne pensent qu'à lire des bandes dessinées.

— De mon point de vue, de nombreux élèves désirent apprendre, répliqua Carson. Qu'est-ce qui ne va pas, avec ce générateur ? M. Masters m'a demandé de vous aider.

— Ça, c'est bien lui ! Je ne sais pas si je tiendrai jusqu'à mon départ pour lui avouer ce que je pense de...

— Nous sommes en état d'urgence, coupa Carson. Nous ferions peut-être mieux de nous y mettre tous les deux. Il faut absolument de l'électricité dans le gymnase. Il va commencer à y faire froid. Parfois, on réfléchit mieux à deux.

— Je crois plutôt, dit sèchement M. Cooney, que quand il y a trop de cuisiniers, ils font tourner la sauce. Ce générateur est irrécupérable. Je l'ai acheté lors d'une vente des Domaines. Mais ce n'est qu'un tas de ferraille sans valeur.

— Laissez-moi jeter un coup d'œil, demanda Carson en se rapprochant. Où est l'ohmmètre ?

— Que voulez-vous en faire ?

— Vérifier les enroulements. Il n'y a peut-être qu'une fissure que nous colmaterons.

— Très bien, grommela M. Cooney. Si vous voulez essayer, je ne peux pas vous en empêcher. »

Carson vérifia le bon état des fils du générateur. La pluie continuait à s'écraser sur les fenêtres.

« C'est un court-circuit, déclara-t-il. Vous avez un fer à souder ?

— Vous semblez ignorer qu'il n'y a plus de courant, lança M. Cooney.

— Il faut très peu d'électricité pour alimenter un fer à souder, expliqua Carson. Peu importe que le courant soit alternatif ou continu, qu'il y ait douze ou cent dix volts.

— Je n'y avais pas songé, avoua M. Cooney en apportant un fer à souder. Je m'intéresse plus à la théorie scientifique qu'à la pratique.

— Il n'y a pas de théorie sans pratique », professa Carson avec le plus de diplomatie possible.

Il dénuda vivement les fils du fer à souder et les brancha à la lampe alimentée sur piles. La lumière baissa et l'extrémité du fer à souder passa du gris à l'orange vif. Carson effectua la soudure.

« Essayez, maintenant », dit Carson.

M. Cooney tourna un bouton.

Tcht, tcht... Roarrrr !

« Il marche ! s'écria Carson.

— Vif stouble, jab ! dit Chip.

— Allons vite au gymnase et branchons des lampes, ordonna M. Cooney.

— Je vais d'abord l'observer quelques minutes pour m'assurer de son bon fonctionnement, dit Carson. Vous devriez aller demander à M. Masters de trouver une place où le mettre.

Il y a peut-être un bureau ou un débarras près du gymnase ? Je reste ici pour m'assurer que les enroulements se produisent sans surchauffe. Ce n'est pas la peine de donner de faux espoirs aux gens si cet appareil ne doit pas marcher.

— Très bien, acquiesça M. Cooney d'un air morose. Vous tenez sans doute à recevoir les félicitations.

— Peu m'importent les éloges, s'indigna Carson. Nous vivons un état d'urgence, monsieur Cooney. Si cela vous fait plaisir, vous n'avez qu'à annoncer à M. Masters que c'est vous qui avez réparé le générateur.

— C'est sans importance », dit M. Cooney.

Il sortit du laboratoire comme une furie et claqua la porte.

Carson traversa rapidement la pièce et verrouilla la porte.

« Vite, Chip !

— Moup frou ? »

Carson brancha l'androïde au générateur et poussa un soupir de soulagement.

« Ce générateur est solide comme le roc, dit-il à Chip. Je pourrais peut-être m'en procurer un à la prochaine vente des Domaines. Cela peut être utile quand...

— Voilà quelqu'un, lui dit Chip. Mon système de dépistage auditif à longue distance détecte des bruits de pas.

— Peut-être s'éloignent-ils. Il faut absolument que tu te recharges, ne serait-ce que quelques minutes. Si ces brusques pertes d'énergie se reproduisent trop souvent, elles risquent d'endommager tes circuits électrologiques intégrés. »

La poignée de la porte tourna. Cric, crac.

« Ils sont toujours là, observa Chip après un silence.

— Carson ! appela la voix de M. Cooney. La porte est fermée. Ouvrez !

— Ne fais pas de bruit, Chip, chuchota Carson. Je vais faire comme si le bruit du générateur m'empêchait d'entendre.

— Il va être furieux.

— Oui, mais je dois saisir cette occasion. Si nous ne te rechargeons pas assez, tu risques de perdre ta mémoire. »

M. Cooney continuait à tambouriner contre la porte.

« Ne voulais-tu pas transporter le générateur près du gymnase ? demanda l'androïde. Ils en ont besoin.

— Oui, ils en ont besoin, répondit Carson. Mais je ne peux pas te laisser manquer d'énergie. Si un médecin t'examinait, ton secret serait divulgué.

— J'ai un plan, dit Chip. Pourquoi ne pas installer au bas du générateur un fil auxiliaire sur lequel je pourrais me brancher sans que personne ne le remarque ? Je pourrais ainsi me recharger en me tenant debout près du générateur. On n'y verrait que du feu.

— Génial ! s'écria Carson.

— Carson, si vous n'ouvrez pas, j'enfonce la porte », menaça M. Cooney.

Carson travailla rapidement. Il fixa des fils à la base du transformateur et y mit une prise pour que Chip puisse se brancher. Puis, il amena l'extrémité des circuits électriques de l'androïde jusque dans ses orteils.

« Les broches de la prise sortent dc ta chaussure de tennis, mais avec un peu de chance, personne ne le verra. »

Boum !

M. Cooney mettait sa menace à exécution.

« Cela devrait aller, dit Carson. Chip, mets ton pied droit ici, tout près du générateur.

— Oui, papa. »

Carson brancha la prise.

M. Cooney tapa de nouveau dans la porte.

« Le courant passe-t-il, Chip ?

— Oui, c'est efficace à cent pour cent, répondit l'androïde.

— Très bien ! »

Carson courut à la porte et la déverrouilla.

« Ooooh !

— Désolé, j'ignorais que vous étiez là, s'excusa Carson en aidant le professeur à se redresser. Pas de mal ?

— Non. Mais pourquoi ne répondiez-vous pas ? Je tapais et je criais comme un fou.

— Vraiment ? Je suppose que le bruit du générateur couvrait votre voix.

— Marche-t-il bien ?

— Oui. Je l'ai complètement testé. Il y a

assez d'essence pour qu'il fonctionne plusieurs heures, après quoi nous n'aurons qu'à siphonner du carburant dans les réservoirs des voitures qui sont dehors.

— Nous ne sommes pas là pour si longtemps, dit M. Cooney avec mauvaise humeur. Le cyclone sera sur Harbor dans la prochaine demi-heure, et quelques heures après, nous pourrons sortir.

— N'en soyez pas si sûr, répondit Carson. Le cyclone Zelda pourrait bien être terrible, et le courant coupé pendant des jours et des jours.

— Ridicule, rétorqua sèchement M. Cooney. Mais pour faire plaisir à M. Masters, transportons le générateur dans le gymnase.

— Éteins-le, Chip », ordonna Carson.

Chip avança la main vers un bouton sur le côté de l'appareil.

« Non, pas celui-là ! cria M. Cooney. Ce n'est pas l'interrupteur, c'est le bouton de commande de la puissance du volt... »

Zzzzzz !

Un courant de haut voltage parcourut les circuits de l'androïde. Ses réservoirs se remplirent si vite que des étincelles jaillirent de ses doigts.

« Je suis confus ! C'est ma faute. L'étiquette est tombée et je ne l'ai pas remplacée, hurla M. Cooney. Je vais chercher de l'aide ! »

Il sortit de la pièce en courant.

Carson trouva une planche de bois sec dont il se servit pour éteindre le générateur.

« Ça va, Chip ?

— Ilyaunproblèmedansmescircuitspapa », répondit l'androïde à toute vitesse.

Puis, sans prévenir, il fit un bond vertical de deux mètres. Il sauta par-dessus le générateur et se rua vers la porte.

« Reviens ! » cria Carson.

Mais l'androïde traversa le hall en courant et disparut.

« Où est votre fils ? demanda M. Cooney qui revenait avec un médecin.

— Il va bien, répondit Carson avec une légère hésitation. Il a reçu un petit choc, mais il semble aller bien. Je l'ai envoyé vous dire de ne pas vous inquiéter. Il a dû vous manquer dans le noir.

— Finalement, nous ferions peut-être mieux de ne pas utiliser ce générateur, dit M. Cooney. Il représente un danger.

— Il ne faut pas courir de risques, approuva le médecin. Je suis le docteur Thomas. Êtes-vous sûr que votre fils va bien, monsieur Carson ?

— Oui, merci. Je pense que nous pouvons sans problème nous servir de ce générateur, à la seule condition que personne n'y touche, à part moi.

— Parfait, opina le docteur Thomas. Je présume que vous savez ce que vous faites.

— Mais oui, s'énerva Carson. Transportons-le dans le gymnase. A-t-on des nouvelles du cyclone Zelda ?

— Oui, répondit le médecin. Il semble de plus en plus violent. C'est la marée haute, et l'eau de la baie s'élève à une telle hauteur que toute une partie de la ville est inondée. Il est possible que nous restions bloqués ici jusqu'à la marée descendante.

— C'est ce que je craignais », répondit Carson.

Pendant que les trois hommes chargeaient le générateur sur un chariot, Chip continuait à courir dans le lycée obscur. Sa pile à hydrogène et chrome avait reçu trop de courant, trop vite, et ses circuits fonctionnaient à grande vitesse.

L'androïde avait calculé que s'il ne se débarrassait pas au plus vite d'un peu de cette énergie, le circuit principal de sa fonction logique sauterait. Lançant ses moteurs sectoriels synchronisés à leur plus haut degré de vitesse, il parcourait les couloirs.

Il vit une porte ouverte et s'y engouffra. C'était la salle 127.

Boum !

Chip se précipita sur une pile de cartons qui dégringolèrent autour de lui. Il se tortilla et se débattit, luttant pour se dégager, mais il ne parvint qu'à en recevoir d'autres sur la tête.

Chapitre 5

« Qui est là ? cria John Axelrod. Sortez ou j'appelle la police. »

Chip se débattit pour se dégager.

« Qu'est-ce que c'est que ce vacarme ? demanda Mlle Baxter en arrivant à toutes jambes. Y a-t-il un animal ?

— Animal ou pas, il a une force surhumaine ! s'écria M. Axelrod. Il n'y a pas un être humain capable de jeter ainsi partout des cartons aussi lourds.

— C'est peut-être R.A.D. ?

— Je n'en ai pas l'impression, dit M. Axelrod. Le bloc-moteur de R.A.D. a été emballé. Et ses terminaux sont prudemment empaquetés de leur côté. »

Chip rejeta un carton qui était devant lui, mais il en reçut trois autres sur la tête.

Boum ! boum ! boum !

« Mais R.A.D. peut s'auto-allumer, déclara Mlle Baxter en s'écartant.

— Ne dites pas de bêtises, rétorqua

M. Axelrod. Connaissez-vous un robot capable de s'auto-allumer ?

— Oui. R.A.D., soutint Mlle Baxter. Quand je l'ai construit, j'ai intégré à dessein un circuit d'intelligence qui lui permet de s'améliorer de façon autonome.

— Vous, les scientifiques, vous êtes trop confiants, lança M. Axelrod. Quand vous construisez un robot, la première chose dont vous devriez le munir est un interrupteur. »

La pile à hydrogène et chrome de Chip était toujours surchargée. Il essaya de déplacer une lourde caisse qui reposait sur sa tête et l'ouvrit par mégarde. Les détecteurs de ses phalanges identifièrent à l'intérieur un clavier du type de ceux qui accompagnent les ordinateurs. Il enfonça vivement une touche.

Clic !

Un écran vidéo s'alluma au-dessus de sa tête. On pouvait y lire :

Robot attaque/défense
Circuit disponible
Tapez le mot de passe.

Chip tapa : *Bonjour, je m'appelle Chip.*
La réponse s'afficha :

Mot de passe incorrect
Faites une autre tentative, s.v.p.

Alors, l'androïde tapa :
Quel est le mot de passe ?

La réponse fut :
Je n'ai pas le droit de vous le dire.
Devinez.

A ce moment-là, l'androïde reçut un message à sa radio interne.

« Chip ! Enfin ! C'est papa. Où es-tu ?

— Je suis sous une pile de cartons et de caisses qui appartiennent aux Industries Techniques de Harbor, émit l'androïde. Je n'arrive pas à me dégager.

— Où en est ton niveau électrique ?

— A cinquante pour cent de la capacité. Je perds deux pour cent toutes les cinq minutes.

— Quelqu'un peut-il te voir ?

— Non, mais des gens se rapprochent.

— Échappe-toi sans être vu, ordonna Carson. Sers-toi de ton programme de dépistage auditif pour identifier le bruit du générateur, et dirige-toi vers lui jusqu'au gymnase.

— Je te remercie », conclut l'androïde.

M. Axelrod et Mlle Baxter essayaient de dégager les caisses amoncelées. Mais tout à coup, le tas se déplaça.

Chip était libre ! Il bondit de son trou et sortit de la pièce en courant.

« Au voleur ! Arrêtez-le ! » cria Mlle Baxter.

Et, accompagnée de M. Axelrod, elle prit l'androïde en chasse. Chip accéléra et monta jusqu'à cent quinze à l'heure. Il les laissa loin derrière et disparut au bout du couloir.

« Je n'ai pas réussi à distinguer ses traits, haleta M. Axelrod en s'arrêtant pour reprendre son souffle.

— Jamais je n'ai vu quelqu'un courir aussi vite, ajouta Mlle Baxter. On dirait... on dirait qu'il n'est pas vraiment humain. C'est peut-être un robot.

— Non. Il est trop petit, répondit M. Axelrod comme ils regagnaient la salle 127.

— J'en suis bien soulagée ! soupira Mlle Baxter. Les efforts de ma vie entière sont là, dans ces boîtes avec mon robot.

Ainsi que les recherches effectuées dans nos deux vies professionnelles.

— Je crois qu'il était blond. Vous vous souvenez de ce garçon qui était là, tout à l'heure ? C'était peut-être lui ?

— Peut-être. En tout cas, il est parti, maintenant. Rangeons tout ce désordre.

— Ce n'est pas tout, dit Mlle Baxter. Allez chercher le reste de nos affaires et trouvez ce garçon. Moi, je garde le matériel. Le maintien du secret le plus strict sur nos recherches est vital pour la défense de la Nation. Nous ne pouvons pas prendre plus de risques.

— Vous avez raison, Stacy, répliqua M. Axelrod. Nous ne nous sommes absentés que quelques instants, et regardez ce qui est arrivé. Je vous retrouve ici dans un quart d'heure.

— Très bien », répondit Mlle Baxter, tandis que M. Axelrod prenait le chemin du gymnase.

En courant à toute vitesse, Chip avait rééquilibré ses circuits qui avaient repris leur activité normale. Son programme de dépistage auditif suivait le ronflement du carburant dans le générateur. Il se dirigea vers le gymnase. Tout à coup, une silhouette de haute taille s'encadra devant lui. Son programme de reconnaissance des formes la reconnut : il l'avait rencontrée peu avant.

« Tiens, Max ! s'étonna Chip. Vous êtes encore perdu ?

— Non. Je me promène. Il y a trop de bruit, dans le gymnase, surtout avec ce générateur.

— Mon père affirme que, grâce à lui, les gens pourront y voir et se sentir mieux.

— Je suppose que c'est vrai, dit Max, mais je préfère l'obscurité. C'est calme et agréable, dans les couloirs.

— Je croyais qu'il était interdit de sortir du gymnase, observa l'androïde.

— Alors, que fais-tu là ?

— J'ai aidé mon père à réparer le générateur, je me suis perdu et je suis encore tombé dans la salle de tout à l'heure.

— Quelle salle ?

— Celle d'où les gens des Industries Techniques de Harbor nous ont chassés. La salle 127. Il y a là un robot qui répond au nom de *Attaque/Défense*.

— Alors, tu avais raison, dit Max. Ils travaillent bien sur des robots. *Attaque/Défense* est un nom qui sonne dangereusement. Si j'étais toi, je n'irais pas jouer avec ça.

— Les instructions apparues sur l'écran m'ont demandé de taper le mot de passe. Vous le connaissez ?

— Non. Et je pense que tu devrais retourner au gymnase, Chip.

— D'accord, Max. J'ai été content de vous revoir.

— Moi aussi, Chip. Au revoir. »

Chip ouvrit la porte principale et entra dans le gymnase.

« Chip, où étais-tu ? lui cria Erin en courant vers lui. Je me faisais un sang d'encre.

— Je m'étais perdu, répondit l'androïde.

— Pas étonnant. Ce lycée est bien plus grand que notre collège. Mais si tu réfléchis bien, nous serons bientôt élèves ici. Et peu de temps après, nous serons bacheliers. Que feras-tu quand... »

Tout à coup, le toit se remit à gronder. Erin se serra contre l'androïde.

« J'ai peur, Chip. Que se passera-t-il si le toit s'effondre ?

— Papa dit qu'il ne s'effondrera pas, répondit l'androïde.

— Quand je suis avec toi, je me sens mieux.

— Mieux que quoi ? demanda Jake en se joignant à eux.

— Mieux que toi ! répondit agressivement Erin. Jake, pourquoi interviens-tu toujours dans les conversations où on ne veut pas de toi ?

— Qui dit qu'on ne veut pas de moi ? Chip, veux-tu que je m'en aille ?

— Non, répondit l'androïde. C'est moi qui vais m'en aller. Je dois aller retrouver mon père. »

Le toit gronda sous une secousse du cyclone.

« Ces bruits me donnent la chair de poule, avoua Jake.

— A moi aussi, répondit Erin. Chip, ne me laisse pas.

— Très bien, répondit l'androïde. Alors, viens avec moi. Je vais dans la réserve.

— Si vous y allez tous les deux, je vous accompagne », dit Jake.

Ils se frayèrent tous les trois un passage à travers la foule et arrivèrent à la réserve.

Ils y trouvèrent Carson et Becky qui s'occupaient du générateur.

« Chip ! Te voilà ! s'écria Becky, s'efforçant de couvrir de sa voix le ronflement du générateur. Comment vas-tu ? chuchota-t-elle. Tu as l'air en forme.

— Je vais très bien », répondit Chip.

Becky éleva la voix :

« Quelle sensation ! Écoutez le vent attaquer le bâtiment !

— Les enfants, vous ne devriez pas rester là, cria Carson en apercevant Jake et Erin. Le bruit va vous rendre sourds.

— Il n'est pas plus puissant que certains disques de Becky, fit observer l'androïde en mesurant les décibels à l'aide de son programme de dépistage auditif.

— Je vais essayer de prendre les dernières nouvelles concernant le cyclone », annonça Carson.

Il se mit dans un coin de la réserve et se pencha sur un petit transistor. Mais au lieu d'écouter la radio, il y transmit un message pour Chip.

« Chip, m'entends-tu ? Hoche la tête si tu m'entends. »

L'androïde hocha la tête.

« Bon. Branche-toi au bas du générateur comme prévu. »

Chip avança le bout de son pied et se brancha. Le courant afflua dans sa pile.

Carson s'approcha de lui et l'épia du coin de l'œil pour s'assurer que l'opération se déroulait normalement.

« Chip, je te charge de surveiller le générateur, dit-il. Je vais au laboratoire de sciences chercher des outils pour régler le ralenti. S'il y a un problème, tu sais où me trouver.

— Oui, papa. »

Un moment après le départ de Carson, on annonça aux informations que l'œil du cyclone approchait. La foule qui s'était réfugiée dans le gymnase sombra dans le silence. Mais lorsque des vents extrêmement violents ébranlèrent les fenêtres, les enfants les plus jeunes se mirent à pleurer et se serrèrent contre leurs parents. Le toit du lycée vibra plus fort que jamais tandis qu'une pluie diluvienne bombardait le bâtiment.

« J'aime bien les cyclones, dit Jake.

— Allez, Blocker, lança Becky, avoue que tu as peur, toi aussi.

— Qui, moi ? demanda-t-il en riant. Un cyclone, ce n'est que du vent !

— Comme toi ! blagua Erin. Moi, je reconnais que je n'ai pas peur : je suis littéralement terrorisée.

— Erin, je croyais que rien ne t'effrayait, dit Becky.

— Merci. Mais pourquoi es-tu si gentille avec moi ?

— Papa lui a demandé d'être gentille avec toi parce que tes parents sont absents, expliqua Chip.

— Merci quand même, Becky, rétorqua Erin, vexée. Je ne te demande rien. D'ailleurs, je m'en vais.

— Non, ne t'en va pas ! cria Becky.

— Oh, Chip, pourquoi n'es-tu pas fils unique ? soupira tristement Erin.

— Vraiment, dit Becky, tu deviens blessante !

— Tant mieux ! »

Erin se prépara à sortir de la pièce.

« Aaaaaaaah ! hurla-t-elle. Un fantôme ! »

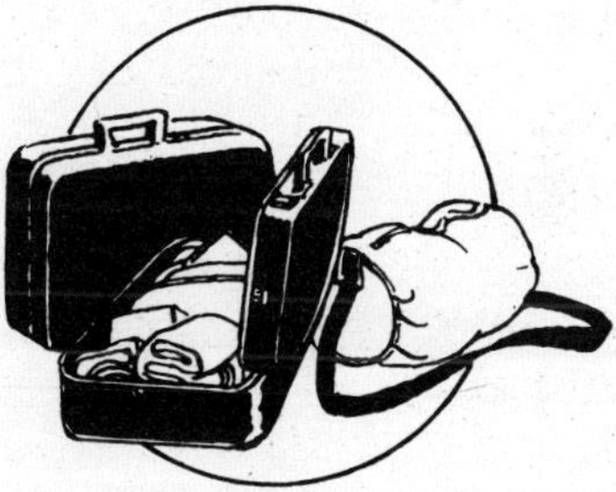

Chapitre 6

Erin rentra précipitamment dans la remise et claqua la porte.

« Que se passe-t-il, Erin ? demanda Becky.

— Il y a un fantôme, là, derrière », répondit la jeune fille en tremblant.

Jake avança vers la porte.

« N'ouvre pas, cria Erin. Il y a vraiment un fantôme.

— Je ne crois pas aux fantômes », dit Jake.

Il ouvrit fermement la porte, mais la referma aussitôt.

« Tu as vu un fantôme ? demanda Chip.

— J'ai vu quelque chose ! répondit Jake. Il fait tout noir, et une grosse forme blanche fait des tas de mouvements.

— Vous êtes complètement fous, tous les deux, dit Becky. Chip, va voir ce que c'est.

— Pourquoi n'y vas-tu pas toi-même ? demanda Erin avec un sourire ironique. Aurais-tu peur ?

— Bien sûr que non, répondit Becky. Je pensais seulement que Chip pouvait y aller.

— Mais papa m'a dit de rester là, objecta l'androïde.

— Et moi, je t'ordonne de sortir voir ce qui se passe, et tout de suite !

— Tu lui dictes toujours sa conduite, souligna Erin. Chip, tu n'as pas à y aller si tu ne le veux pas.

— C'est vrai, approuva Jake. Ici, nous sommes en sécurité.

— Chip, va voir ce qu'il y a, répéta Becky.

— Très bien », obéit l'androïde.

Il débrancha le bout de son pied et pénétra dans le hall contigu au gymnase.

« Que vois-tu ? demanda Becky.

— Je ne sais pas, répondit l'androïde. Qu'est-ce qui est blanc et mesure à peu près deux mètres dix de haut ?

— Un fantôme ! cria Becky.

— Tu vois ? dit sèchement Erin. Ne le laisse pas rentrer, Chip.

— Il semble immobile, dit l'androïde. Que dois-je faire ?

— Attrape-le ! ordonna Becky.

— Sois prudent, Chip, dit Jake. Si tu as besoin d'aide, tu n'as qu'à crier.

— Et tu iras l'aider, je suppose ? insinua Erin. Alors que tu te caches derrière un bureau.

— Toi aussi, tu te caches, répondit Jake. Je suis le plus fort de tout le collège, mais les fantômes, c'est une autre histoire.

— Vous racontez n'importe quoi, tous les

deux, dit Becky. C'est sûrement quelqu'un qui s'est mis un drap sur la tête.

— Alors, pourquoi as-tu envoyé ton frère vérifier ? demanda Jake. Chip, que se passe-t-il, là-bas ? »

L'androïde essaya de saisir la forme blanche, mais elle s'inclina vers l'arrière. Chip reprit son élan et tenta encore de la saisir.

« Il s'en va, dit-il.

— Suis-le ! cria Becky. Ne le laisse pas filer.

— Tu es sûre que c'est une bonne idée ? s'indigna Erin. Chip, reviens ici ! »

Comme elle n'obtenait pas de réponse, elle se précipita dans le hall à sa suite.

« Attends-moi, Chip ! cria Jake. Je vais t'aider.

— Moi aussi ! » cria Becky, qui se mit à courir derrière eux.

Chip poursuivait la forme blanche qui filait à travers le hall obscur. Ses moteurs sectoriels synchronisés le poussaient à la vitesse de quatre-vingts kilomètres à l'heure, mais le fantôme était encore plus rapide !

Il emprunta un couloir.

Wham !

Chip percuta quelque chose et perdit en même temps la faculté de voir. Les détecteurs sensoriels de sa peau de plastique multiflex l'informèrent qu'il était recouvert d'un mince tissu.

Boum !

L'androïde percuta un objet plus petit que lui. Il se baissa et l'attrapa.

« Par ici ! entendit-il quelqu'un crier.

— Attrapez-le ! » dit une autre voix.

Il sentit plusieurs mains l'agripper. Comme il était programmé pour n'attaquer personne, il laissa les mains le conduire à travers le hall.

« Retirez le drap ! » ordonna une voix — celle de M. Grosbeak.

Hop ! Chip put voir de nouveau. Un groupe de professeurs l'entourait. Becky, Jake et Erin accouraient vers le drap blanc déchiré.

« Avez-vous attrapé le fantôme ? demanda Erin.

— Oui ! La main dans le sac ! s'écria M. Grosbeak. Il m'a pris une valise. »

Chip tendit sa valise au professeur de gymnastique.

« Je l'ai trouvée dans le hall.

— N'essaie pas de te défiler une fois de plus, aboya M. Grosbeak. Je t'ai surpris en flagrant délit de vol.

— Il l'a peut-être trouvée, dit M. Masters. Mais pourquoi portais-tu ce drap qui effrayait tout le monde ?

— Qui ai-je effrayé ? demanda l'androïde. Je n'y voyais rien.

— Tu as effrayé des tas de gens, à courir avec ce drap, chenapan, lança sévèrement M. Masters. Les gens sont assez troublés par la tempête ! Tu agis comme un irresponsable.

— J'essayais d'attraper le fantôme, dit Chip, quand j'ai reçu ce drap sur la tête et que je me suis pris les pieds dans la valise de M. Grosbeak.

— Invraisemblable ! murmura M. Grosbeak.

— Mais c'est la vérité, dit Jake. Erin, Becky et moi avons vu un fantôme. Chip l'a pourchassé à travers le hall.

— Est-ce vrai, Becky ? demanda M. Masters.

— Enfin..., répondit Becky. Personnellement, je n'ai pas vu le fantôme, mais mon frère ne ferait pas ce genre de blague. »

M. Masters se tourna vers Chip.

« Si ce n'était pas toi le fantôme, pourquoi portais-tu ce drap ?

— Je ne le portais pas, répondit l'androïde. Peut-être le fantôme en avait-il assez et s'en est-il débarrassé sur moi.

— Ce n'était pas un fantôme, dit Becky, furieuse. Ça n'existe pas, les fantômes. C'était quelqu'un qui s'était déguisé.

— C'est vrai, ajoutèrent Jake et Erin.

— Ce n'était pas une personne. Il courait à plus de quatre-vingts kilomètres à l'heure, expliqua l'androïde. Même l'homme le plus rapide ne dépasse pas quarante-trois kilomètres à l'heure.

— Comment le sais-tu ? demanda M. Grosbeak.

— Mon frère est une encyclopédie vivante, dit Becky. Mais, Chip, es-tu sûr que ce que tu poursuivais courait à quatre-vingts kilomètres à l'heure ?

— Ridicule, coupa M. Grosbeak. Carson est celui que nous recherchions, et maintenant, il faut en faire quelque chose. »

M. Masters soupira :

« Écoutez, il ne s'est rien passé de grave. Et ce qui s'est passé ne doit pas se reproduire. Retournons au gymnase. Je voudrais savoir quand cette tempête va finir. »

M. Masters et les autres professeurs se retirèrent, mais M. Grosbeak resta.

« Très bien, grommela-t-il. En tout cas, Carson, je veux récupérer mes autres valises. Dans celle-ci, je n'ai que des vêtements.

— Je n'ai pas volé vos valises.

— C'est vrai, dit Becky, l'air mauvais. Chip est incapable de voler.

— Absolument incapable, renchérit Erin. Chip est le plus gentil garçon de tout le collège.

— Et puis, ajouta Jake, pour quelle raison vous volerait-il vos valises ? Qu'y a-t-il dedans de si extraordinaire ?

— Rien ! rugit M. Grosbeak.

— S'il n'y a rien dedans, pourquoi les voulez-vous ? demanda Chip.

— Passons, grommela le professeur de gymnastique. Vous feriez mieux d'y regarder à deux fois avant de faire des bêtises, parce que je sens que vous allez vous attirer de graves ennuis.

— Mais comment pouvons-nous regarder deux fois dans vos valises, puisqu'elles ont été volées ? interrogea l'androïde.

— Ahgrrr ! hurla M. Grosbeak en s'enfuyant dans l'ombre du hall.

— Pourquoi a-t-il fait ce bruit ? questionna Chip.

— Va donc savoir ! répondit Jake en riant.

— Viens, Chip, dit Becky. Retournons près du générateur.

— Oui, Becky. »

Erin glissa sa main dans celle de Chip :

« Ce fantôme m'a effrayée davantage que le cyclone.

— Becky, dit Chip, je croyais que les fantômes n'existaient pas.

— Ils n'existent pas, répondit Becky. Ce doit être un dingue qui court partout avec un drap sur la tête pour effrayer un peu plus les gens. »

Quand ils atteignirent la porte du gymnase, Becky dit :

« Il y a un silence inquiétant, tout d'un coup.

— Nous sommes peut-être dans l'œil du cyclone, supposa Jake. Il paraît que le centre du cyclone est calme et paisible.

— Non, répondit Erin. Le plus gros de la tempête nous est arrivé il y a quelques minutes. L'œil ne sera là que dans une heure ou plus. »

Chip ouvrit la porte du gymnase.

« Mais pourquoi fait-il si sombre, là-dedans ? demanda Becky.

— Parce qu'on a volé le générateur, cria une voix revêche.

— Comment ? Le générateur a disparu ? s'exclama Becky avec stupeur. Mais qui peut bien vouloir voler un générateur ? Va chercher papa, Chip. »

Chip essaya d'appeler Carson à sa radio interne, mais il n'y eut pas de réponse. Alors, il activa son programme de reconnaissance des formes et son infravision pour sonder l'obscurité. Mais il ne perçut aucun signe de la présence de son père.

« Je vous en prie, un peu de calme ! » cria une voix puissante.

Quand la foule se fut calmée, on entendit encore le terrifiant bruit de roulement du toit. Tous les visages se levèrent vers le plafond tandis que montaient des plaintes.

« Allumez la radio ! » cria une femme.

« ... *Le cyclone Zelda est maintenant sur la ville de Harbor. Ses vents soufflent à plus de deux cent quarante kilomètres à l'heure,* dit le commentateur. *A cause de la marée haute, des trombes d'eau sont projetées partout. Que chacun reste calfeutré jusqu'à la fin de l'inondation.* »

« C'est vraiment horrible, dit Jenny Driscoll. Nous allons être coincés ici toute la nuit sans chauffage et sans lumière. Qu'est-il arrivé pour que la lumière s'éteigne ?

— On a volé le générateur, dit Chip.

— Mais c'est affreux ! Comment peut-on songer à voler dans un pareil moment ?

— Quel est le meilleur moment pour voler ? demanda l'androïde.

— Je t'envie de pouvoir plaisanter dans de telles circonstances, dit Jenny. Moi, je suis en pleine dépression.

— Je vais aller chercher mon père, il rééquilibrera ta pression.

— Comment ? Ah, je saisis ! dit Jenny en souriant. Merci. »

Chip se remit à chercher son père.

« Bonjour, monsieur Cooney, dit-il au professeur de sciences planté devant une porte.

— Ne vous promenez pas dans les couloirs, dit M. Cooney. Tout le monde doit rester dans le gymnase.

— Vous n'avez pas vu mon père ?

— Pas depuis qu'il a apporté le générateur, répondit M. Cooney. Il ne l'a pas très bien réparé. Les lumières se sont encore éteintes. L'appareil a dû flancher.

— Ce générateur fonctionnait parfaitement, expliqua Chip. On l'a volé. »

A ce moment-là, la porte s'ouvrit à toute volée.

« Venez vite ! cria une femme. Il y a un blessé. »

Elle disparut à nouveau dans le hall.

M. Cooney et Chip la suivirent immédiatement. Elle les guida dans les couloirs sombres.

« Il est là, dit-elle.

— L'accès de cette pièce est interdit, prévint Chip. C'est là qu'est entreposé le matériel des Industries Techniques de Harbor.

— Je m'appelle Ellen Farmer, dit la femme, et je travaille pour les Industries Techniques de Harbor. Vous pouvez entrer. »

Ici aussi, la pièce était éclairée par des lampes alimentées sur piles. Chip balaya l'espace du regard... et aperçut son père, étendu sur le sol.

« C'est mon père ! cria-t-il.

— Il est inconscient, expliqua le docteur Thomas, qui était penché sur lui. Il semble avoir reçu un coup sur la tête. »

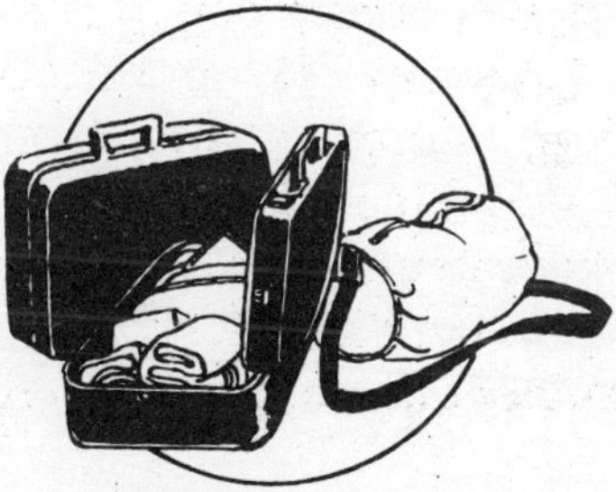

Chapitre 7

« Connaissez-vous quelqu'un qui ait une raison particulière d'en vouloir à votre père ? demanda Mlle Baxter.

— Non, répondit Chip. Va-t-il s'en sortir ? »

Le docteur Thomas leva les yeux vers Chip.

« Je pense. Mais il est toujours sans connaissance. Va chercher ta mère.

— Je n'ai pas de mère », expliqua l'androïde.

L'ordre numéro 17 de la rubrique « Cas d'urgence » enregistrée dans le fichier de Chip lui ordonnait d'aller chercher sa sœur si Carson était blessé.

« Je vais chercher ma sœur Becky », dit-il.

Mais comme il se dirigeait vers la porte, Mlle Baxter se dressa devant lui.

« Une minute ! s'écria-t-elle. Maintenant, je vous reconnais ! C'est vous qui avez essayé de dérober notre matériel. Je vous interdis de quitter cette pièce. »

Chip était programmé pour obéir aux adultes, mais son système électrologique de résolution des conflits l'informa qu'à ce moment précis, il était plus important d'aller quérir Becky.

Hop !

Il passa sur le côté et se faufila dans le couloir où il partit en courant.

« Rattrapez-le ! cria Mlle Baxter. Son père et lui sont peut-être de mèche pour voler nos secrets. »

Quatre employés des Industries Techniques de Harbor prirent l'androïde en chasse. Mais Chip courait plus vite qu'eux. Il traversa le gymnase et se dirigea vers la remise à la recherche de Becky. Des bougies et des lampes de poche diffusaient une faible lumière. La plupart des gens écoutaient attentivement les nouvelles à leur transistor.

Dans la remise, Chip ne trouva que Jake Blocker.

« Jake, où est Becky ? demanda l'androïde.

— Je ne sais pas, répondit Jake entre deux bouchées de pomme. Elle est partie avec Erin, et elle n'avait pas l'air d'avoir envie que je vienne.

— Il faut que je la trouve, cria l'androïde. Mon père est blessé et des gens essaient de m'attraper.

— Attends ! Ne parle pas si vite ! Qu'est-il arrivé à ton père ? Et pourquoi des gens essaient-ils de t'attraper ?

— Je n'ai pas le temps de t'expliquer. Par où Becky est-elle partie ?

— Vers le fond du gymnase, dit Jake. Tu

veux que je te dise ? Va la chercher. Moi, j'arrête les gens qui te suivent. Je vais ruser. Ils tomberont dans le panneau.

— Merci ! » cria Chip, et il repartit à toutes jambes.

Jake se posta à l'entrée de la remise. Il vit quatre personnes arriver en courant et cria :

« Chip ! Attention ! Les voilà ! »

Puis il rentra précipitamment dans la remise et claqua la porte qu'il verrouilla de l'intérieur.

Boum ! Boum ! Boum !

« Laissez-nous entrer », cria une voix furieuse.

Jake rit sous cape et croisa les bras.

« Ne t'inquiète pas, ils resteront dehors, CHIP ! » dit-il d'une voix forte.

Au même moment, Chip se glissait dans le gymnase par une porte latérale. Il repéra Becky et Erin, assises avec six autres camarades, dans un coin obscur.

« Papa est blessé ! cria-t-il à sa sœur.

— Ce n'est pas possible ! s'écria Becky. Où est-il ?

— Par là, répondit Chip en désignant le hall. Salle 127. Quelqu'un l'a frappé à la tête.

— C'est affreux ! s'écria Erin. Allons chercher un médecin.

— Il y en a déjà un auprès de lui, répondit l'androïde. Il dit que papa s'en sortira, bien qu'il soit sans connaissance.

— Eh bien, allons-y, dit Becky.

— Je ferais peut-être mieux de ne pas y retourner, dit Chip. Le personnel des Industries

Techniques de Harbor n'a pas l'air de m'apprécier. Tout ce dont il est capable, c'est de vociférer contre moi.

— Alors, allons-y tous avec toi, suggéra Scott. Nous parlerons à ces gens comme ils le méritent.

— Parfaitement, approuva Alex. Allons-y vite.

— Merci à toute la bande », dit Becky.

L'androïde les conduisit dans la classe où son père était étendu sur le sol. Il n'y avait plus auprès de lui que le docteur Thomas et Mlle Baxter.

« L'accès de cette classe est interdit, les enfants, dit sévèrement Mlle Baxter. Retournez au gymnase. »

Becky l'ignora et se précipita vers son père.

« Papa, qu'est-ce que tu as ?

— C'est ton père ? demanda le docteur Thomas. Il souffre d'une légère commotion. Quelqu'un a dû le frapper à la tête.

— Va-t-il s'en sortir ? Je vous en prie, dites-moi la vérité.

— Je le pense, répondit le docteur. Mais on ne peut rien faire pour lui dans l'immédiat.

— Ne peut-on pas le transporter à l'hôpital ? demanda Becky.

— Non. Calme-toi, la réconforta le docteur Thomas d'une voix amicale. Tant que le cyclone n'est pas passé, nous ne pouvons aller nulle part.

— N'y a-t-il pas un moyen de le sortir ?

— Tout ira bien, dit Scott en effleurant le bras de Becky. Il faut attendre.

— Mademoiselle, s'enquit Mlle Baxter. Avez-vous une idée de la personne qui a assommé votre père ? Et savez-vous pourquoi il était dans cette salle ?

— Non, répondit Becky. Il nous a demandé, à Chip et à moi, de surveiller le générateur pendant qu'il allait chercher des outils au laboratoire de sciences. » Becky observa la pièce. « Au fait, qu'est-ce que c'est que tout ce matériel ? Pourquoi cette pièce est-elle interdite ?

— Ce matériel est protégé par le secret de Défense nationale, expliqua Mlle Baxter. Il appartient aux Industries Techniques de Harbor. Quand l'eau a monté, nous avons dû évacuer tout ce qui était transportable. Vous ne devriez pas être là, les enfants. Nous avons déjà eu un problème avec un garçon qui... Attendez... Avez-vous un frère aux cheveux blonds et aux yeux bleus ?

— Oui, répondit Becky. Il est juste der... mais où est Chip ? »

L'androïde était parti.

« Il était là, il y a une minute, dit Mario. Il était juste derrière moi. »

Les quatre employés des Industries Techniques de Harbor pénétrèrent dans la pièce.

« Nous avons perdu le garçon, annonça M. Axelrod. Nous pensions qu'il était dans la remise, mais en fait, un autre gamin nous faisait une blague. » Il regarda Carson. « Notre espion s'est-il réveillé ?

— Mon père n'est pas un espion ! s'indigna Becky.

— C'est vrai, ajouta P.J. C'est le professeur de sciences du collège de Harbor.

— Cela ne signifie rien, répondit M. Axelrod. Son fils était là, il n'y a pas si longtemps, en train de fouiller dans notre matériel.

— Mon père n'est pas un espion, s'indigna encore Becky.

— Et Chip non plus ! s'écria Erin. Qui voulez-vous qui s'intéresse à vos vieux machins ? Il ne vous manque sûrement rien. »

Becky s'agenouilla près de son père et murmura :

« Allez, papa, ouvre les yeux et dis-leur que tu n'es pas un espion. »

Chip était caché dans l'obscurité du couloir et il écoutait la conversation grâce à son programme de dépistage auditif à longue portée. Quand il avait vu M. Axelrod et Mlle Baxter arriver, son programme d'autopréservation lui avait ordonné de se cacher.

« Quelque chose qui ne va pas, Chip ? »

Son programme de reconnaissance des formes identifia Max La Rue.

« Pour moi, tout va bien, répondit-il. Mais mon père a été assommé.

— Ce n'est pas de chance ! Où est-il ?

— Salle 127, là où se trouve le matériel des Industries Techniques de Harbor.

— Ne devrais-tu pas te rendre près de lui ?

— M. Axelrod me prend pour un espion. Il affirme que papa aussi est un espion.

— En es-tu un ? demanda Max.

— Bien sûr que non, répondit Chip. Qu'est-ce que c'est qu'un espion ?

— Tu ne regardes jamais la télévision ? demanda Max en riant.

— Pas souvent, répondit l'androïde. Mon père craint que cela ne me perturbe.

— C'est un homme intelligent, constata Max. Un espion, c'est quelqu'un qui vole les secrets d'autrui. Mais je ne comprends pas qu'on ait pu te prendre pour l'un d'eux. »

Chip sonda l'obscurité et vit M. Grosbeak venir vers eux.

« Au revoir, Max. »

Hop !

Chip s'évanouit dans l'ombre, laissant Max marmonner :

« Personne ne peut courir aussi vite !

— Qui est là ? demanda M. Grosbeak. Il est interdit de pénétrer ici. »

Max La Rue ne répondit pas. Il fit demi-tour et courut en silence dans la direction opposée.

« Si nous partions à la recherche de Chip ? proposa Erin à Becky. Il vaut mieux qu'il ne soit pas seul pendant le gros du cyclone. On ne sait pas ce qui peut arriver.

— Tu as raison, acquiesça Becky. Il ne faut pas qu'il traîne dans les couloirs. Je vais le chercher.

— Les enfants, vous avez déjà passé trop de temps ici, dit M. Axelrod. Retournez au gymnase, s'il vous plaît.

— C'est ce que nous avons de mieux à faire, dit Jenny. Becky, tu viens avec nous ? »

Soudain, une idée traversa l'esprit de Becky.

« Très bien, j'y vais, monsieur Axelrod, dit-elle. Mais puis-je emprunter le petit transistor que mon père a dans sa poche ? Je voudrais écouter les nouvelles.

— C'est peut-être un appareil photographique d'espionnage », s'écria M. Axelrod.

Il fouilla dans la poche de Carson et en retira la radio.

« Laissez-moi voir », dit Mlle Baxter, très calme. Elle prit le transistor des mains de M. Axelrod et l'alluma.

« C'est une radio ordinaire, John.

— Alors, ça va, murmura ce dernier. Donnez-la lui.

— Merci », dit Becky.

Elle arracha l'appareil des mains de M. Axelrod et sortit en courant. Alex se mit à ricaner en regardant celui-ci et emboîta le pas à Becky avec le reste du groupe.

« Heu... fit Becky. Voulez-vous bien partir devant à la recherche de Chip ?

— Bien sûr, dit Jenny.

— Merci. J'ai besoin d'une minute de réflexion. Je vous rejoins.

— Je suppose que tu sais ce que tu fais, dit Scott. Sois prudente.

— C'est promis. »

Dès qu'ils eurent disparu, Becky alluma la radio.

« Heureusement que cette femme n'a pas deviné ce qu'est en réalité ce transistor. »

Elle l'alluma.

« Chip, m'entends-tu ? »

Des parasites couvrirent la voix de son frère. Becky augmenta le volume.

« M'entends-tu ? » répéta-t-elle.

La voix de Chip pétarada à travers le petit amplificateur.

« Oui, Becky, je t'entends. Que veux-tu ? Comment va papa ? »

« Que fais-tu ici, toi ? » demanda brusquement une voix sévère.

Becky se retourna et se trouva nez à nez avec M. Grosbeak.

« Et où est ton frère ? poursuivit-il.

— Est-ce M. Grosbeak ? demanda Chip à la radio.

— Il est dans les parages ! » s'écria M. Grosbeak qui se mit à chercher l'androïde.

Becky attendit d'être seule pour reprendre calmement sa conversation avec Chip par radio.

« Sois prudent, le prévint-elle. M. Grosbeak

te cherche. Ne le laisse pas t'attraper. Où es-tu ?

— Je me suis caché. Je ne peux pas revenir dans le gymnase, mais je serai prudent, répondit Chip. Et puis j'ai un problème.

— Quel problème ? s'inquiéta Becky. Ta batterie est-elle encore à plat ?

— Non, répondit l'androïde. Mais si je ne transfère pas bientôt ma mémoire sur une disquette, mes circuits vont sauter.

— Je sais que tu transfères ta mémoire tous les soirs sur l'unité centrale, Chip. Que se passera-t-il si tu ne le fais pas ?

— Son débordement provoquerait une surchauffe de mes plaquettes électrologiques et détruirait définitivement mes circuits électrologiques principaux. La dernière fois que mes voltages sont tombés au-dessous de la normale, j'ai brûlé un des circuits de protection de ma réserve électrique.

— Qu'allons-nous faire ? chuchota Becky. Papa est inconscient et tu vas sauter. »

Boum !

Becky tressaillit. Quelque chose avait explosé.

« Chip, tu es entier ? » cria-t-elle.

Mais elle n'obtint aucune réponse. La radio était morte.

Chapitre 8

Becky partit en courant à travers les couloirs sombres. Elle entendait des voix effrayées.

« Ça vient de la salle des Industries Techniques de Harbor », cria quelqu'un.

Quand elle pénétra dans la classe enfumée, M. Axelrod ouvrait violemment les fenêtres. Carson gisait toujours, inconscient.

« Sortez mon père ! hurla Becky.

— Il ne faut pas le bouger, dit le docteur Thomas, pour le cas où il aurait une contusion.

— Que s'est-il passé ? s'enquit Becky.

— Une de nos caisses a explosé, répondit Mlle Baxter. Je l'ai ouverte pour faire l'inventaire et elle a sauté. C'est une chance que je n'aie pas été blessée. Fermez la fenêtre, ordonna-t-elle. La fumée est partie et la pluie entre à flots.

— Un instant ! s'écria Becky en distinguant quelque chose par terre. Que fait ici mon disque des "Patates rebondissantes" ? Et mon album des *Bêtises pas cuites* ? Regardez : mon nom figure dessus.

— Je ne sais pas, dit Mlle Baxter.

— Comment se fait-il que vos affaires soient mélangées aux nôtres ? demanda M. Axelrod.

— C'est ce que j'aimerais savoir. Nos affaires nous ont été volées au gymnase, expliqua Becky. Le coupable a dû les cacher ici.

— Ce n'est pas tout, dit M. Axelrod. Le voleur s'est emparé du matériel qui était dans cette caisse qu'il a remplie avec vos affaires. Il nous a roulés en rabattant le couvercle. Heureusement que la bombe qu'il a utilisée n'était qu'une bombe fumigène : personne n'a été blessé. Mais elle a fait un de ces bruits !

— Et s'il y avait d'autres bombes ? supposa Becky. Il vaudrait peut-être mieux évacuer mon père.

— Procurons-nous une civière et transportons-le prudemment, décida Mlle Baxter.

— Je vais en chercher une, dit le docteur Thomas. En attendant, ne touchez pas à ces caisses. Elles pourraient contenir d'autres bombes.

— Ne vous inquiétez pas, répondit Mlle Baxter. Je ne les ouvrirai qu'en présence de la police.

— Attendez, déclara M. Axelrod. Je refuse qu'on appelle la police. Elle ne doit à aucun prix toucher à notre matériel. Et puis ce n'était qu'une bombe fumigène. Il n'y a pas de blessé. Nous pouvons nous débrouiller tout seuls. »

Bip ! La radio qui était dans la poche de Becky se mit à sonner.

Chip essayait de contacter sa sœur.

« Pas maintenant, Chip ! » chuchota Becky dans l'émetteur. Elle éteignit par mesure de sécurité.

Le docteur Thomas revint avec une civière, M. Grosbeak et M. Masters sur ses talons.

« Qu'est-ce que c'est que cette histoire de bombe ? demanda M. Masters à M. Axelrod. Quand vous m'avez sollicité pour entreposer votre matériel dans le lycée, vous ne m'avez pas prévenu qu'il y avait des risques d'explosion.

— Rassurez-vous, dit M. Axelrod. Ce n'est pas notre matériel qui a explosé.

— Ni mes disques, s'exclama Becky. Qu'est-ce qui nous prouve que vous ne fabriquez pas des bombes aux Industries Techniques de Harbor ?

— Nous ne fabriquons que des composants électroniques, répondit M. Axelrod. Rien qui puisse exploser.

— Alors, qu'est-il arrivé ? Comment M. Carson a-t-il été blessé ?

— Il a reçu un coup sur la tête, expliqua le docteur Thomas. L'explosion n'a fait aucune victime.

— Peut-être, répliqua Becky, mais il faut trouver un moyen d'emmener papa à l'hôpital. Je suis très inquiète. Il y a longtemps qu'il est inconscient.

— Becky, il m'est impossible de l'évacuer sur un hôpital. Nous sommes au milieu d'un cyclone. Dès qu'il se calmera, nous nous occuperons de ton père.

— On pourrait essayer d'utiliser un bateau, suggéra Becky. C'est votre devoir de l'aider.

— Regarde par cette fenêtre, dit M. Masters. Il serait plus dangereux de... »

Crac ! Une énorme branche traversa la vitre.

« Que tout le monde sorte ! ordonna M. Masters. Écartez-vous des fenêtres. »

Le vent hurlait. La pluie s'abattait dans la pièce.

« Vite, que quelqu'un m'aide à porter la civière ! cria le docteur Thomas.

— Je vous en prie, faites attention, supplia Becky.

— Il faut sortir le matériel, s'écria Mlle Baxter. S'il est mouillé, il est perdu.

— Vous auriez dû y songer plus tôt, constata M. Masters. Dès que M. Carson sera évacué, plus personne ne pénétrera dans cette pièce. »

Mlle Baxter se saisit d'un carton.

« Je vais emporter ce que je peux. »

Le docteur Thomas et M. Grosbeak transportèrent prudemment Carson dans le hall. Pendant le trajet, Becky se tordait les mains d'inquiétude.

« Le robot ! Il a disparu ! cria soudain Mlle Baxter.

— Que voulez-vous dire ? » s'informa anxieusement Becky.

Mlle Baxter avait-elle découvert le secret de Chip ?

« Notre robot, R.A.D. ! Il n'est plus là ! On lui a substitué de vieux vêtements. R.A.D. peut être très dangereux, livré à lui-même.

— Et les deux terminaux ? demanda M. Axelrod. Manquent-ils aussi ? »

Boum !

M. Axelrod poussa un hurlement.

Chip faisait d'ultimes tentatives pour contacter Becky. Il lui fallait des instructions. Ses détecteurs internes l'informaient que s'il ne transférait pas immédiatement son fichier, ses circuits électrologiques risquaient de sauter.

« Où es-tu, Becky ? émit-il. Est-ce que papa va mieux ? J'ai besoin d'aide. »

Mais il n'obtint aucune réponse.

Il analysa la situation. Il fallait absolument qu'il se libère de toutes les informations que son cerveau électrologique avait emmagasinées depuis la veille. A cause du cyclone, il lui était impossible de quitter le lycée. Y avait-il ici un ordinatcur qu'il pourrait utiliser ?

Il sonda son fichier et se souvint qu'il avait aperçu un terminal dans la salle des Industries Techniques de Harbor. Il devait à tout prix se brancher sur un ordinateur. Il savait qu'il lui était interdit d'entrer dans cette salle, mais son système électrologique de résolution des conflits l'engagea à désobéir.

Il se précipita dans les couloirs. Quelqu'un cria. Aussitôt, il poussa ses moteurs sectoriels synchronisés. Il arriva devant la porte de la salle en quelques secondes. Son programme de reconnaissance visuelle des formes détecta sa sœur.

« Comment ça va ? lui demanda-t-il.

— Chip ! Que fais-tu là ? s'écria-t-elle.

— Il faut que je trouve immédiatement un terminal d'ordinateur. J'en ai vu un ici. Comment va papa ?

— Il est encore inconscient, soupira Becky.

— J'ai entendu quelqu'un crier, dit Chip. Pourquoi y a-t-il tant de fumée ?

— C'est M. Axelrod qui a crié. Quelqu'un a dissimulé une bombe fumigène dans son matériel électronique, répondit Becky. Il nous est formellement interdit d'entrer là. Ils vont verrouiller la porte. »

Mlle Baxter et M. Axelrod sortirent en titubant de la salle. Ils portaient des cartons.

« Dites donc, les enfants, pourquoi vous êtes-vous enfuis, tout à l'heure ?

— Simplement parce que Chip aime bien courir partout, répondit Becky avant que son frère n'ait pu ouvrir la bouche. Le cyclone le rend nerveux, c'est tout.

— Attendez une minute, dit Mlle Baxter qui demeurait sceptique. Qu'a dit exactement ton frère à propos du terminal de l'ordinateur ?

— Quand je m'en suis servi tout à l'heure, les instructions m'ont demandé de taper le mot de passe, répondit Chip. Puis-je l'utiliser quelques minutes ?

— Ce n'est pas le moment de jouer à des jeux vidéo, gronda M. Masters. Vous devriez être dans le gymnase, tous les deux. Nous prendrons soin de votre père.

— Viens, Chip, ordonna Becky. Il vaut mieux obéir à M. Masters.

— Mais j'ai besoin d'un ordinateur, protesta l'androïde.

— N'y songe pas, répondit Mlle Baxter. Les deux terminaux sont partis. Mais attends une minute, Chip.

— Je croyais que vous vouliez que je parte.

— Non, dit la femme avec méfiance. Comment se fait-il que tu te sois servi de notre terminal ?

— La minute est passée, déclara Chip après une longue pause. Puis-je partir, maintenant ?

— NON ! cria Mlle Baxter. Carson, tu es vraiment un sujet difficile ! Quand tu t'es servi du terminal, as-tu ordonné au robot de bouger ?

— Non, c'est mon père qui m'a ordonné de partir, expliqua l'androïde qui n'avait pas compris la question.

— Je ne parle pas de toi, ragea Mlle Baxter, mais du robot ! Tu n'es pas un robot, que je sache ?

— Ne réponds pas à cette question, souffla Becky.

— Mais de quel robot s'agit-il ? demanda M. Masters.

— Je suis désolée de vous apprendre ceci, répondit Mlle Baxter, mais il y a...

— Hé ! coupa M. Axelrod, assez discuté.

— Pourquoi ? demanda Mlle Baxter en se tournant vers lui. M. Masters a le droit de savoir.

— Le droit de savoir quoi ? s'enquit M. Masters, furieux. Que se passe-t-il ?

— Rien, rien du tout, rétorqua M. Axelrod. En fait, nous devrions tous retourner au gymnase.

— Une seconde. De quoi parliez-vous ? Y a-t-il un robot ou quelque chose de ce genre qui court sans surveillance ? »

Mlle Baxter hocha la tête avec lassitude :

« Monsieur Masters, l'un de nos robots expérimentaux manque.

— Je suis navré de l'apprendre, s'excusa le proviseur. Je vous avais avertis que je ne pouvais pas répondre de la sécurité de votre équipement. Je suis désolé d'ajouter que plusieurs autres vols ont été commis depuis le début de cette opération de sauvetage.

— Mais ceci est bien plus qu'un simple vol ! s'écria M. Axelrod. Je n'ai pas l'impression que vous ayez compris. Nous travaillons sous le secret de la Défense nationale.

— C'est vous qui ne comprenez pas, répondit M. Masters avec fureur. Nous sommes menacés par un danger d'une gravité exceptionnelle et je n'ai pas de temps à perdre. Je vous prie d'aller vous réfugier dans le gymnase.

— Très bien, admit M. Axelrod. Mais j'exige

une fouille en règle de ce bâtiment après la tempête.

— Monsieur Grosbeak aussi, poursuivit Chip. L'une de ses valises manque encore.

— Ne fais pas l'innocent, lança le professeur de gymnastique avec un regard de biais.

— Nous discuterons de cela plus tard, gronda M. Masters. Conduisons M. Carson dans un endroit sûr. Ensuite, nous retournerons tous au gymnase. »

Il quitta la pièce. M. Grosbeak et le docteur Thomas le suivirent en portant la civière. Mlle Baxter ferma la porte à clef après avoir jeté un dernier coup d'œil vers Chip et Becky pour s'assurer qu'ils s'éloignaient. Becky s'arrêta soudain et chuchota à Chip :

« Ton problème de machin-truc, de quelle importance est-il ?

— Je n'ai pas de problème de machin-truc.

— Je croyais que tu avais prétendu que ton cerveau électrologique allait exploser si tu ne trouvais pas un ordinateur ?

— Il ne va pas exploser mais il risque de cesser de fonctionner.

— Il faut agir. Peux-tu utiliser n'importe quel ordinateur ?

— Je pense, tant qu'il est muni d'une prise à neuf broches RS-422 à l'arrière.

— Je me demande s'il y a des ordinateurs à piles, dans le laboratoire de sciences de M. Cooney. C'est peut-être là que tu pourras décharger ton fichier.

— Ça, c'est une excellente idée, répondit Chip. Allons-y. »

Ils se hâtèrent de longer les couloirs sombres menant à l'autre extrémité du collège. Le laboratoire de M. Cooney était ouvert. Chip utilisa son infravision et découvrit une lampe de poche qu'il alluma.

« Dépêche-toi, Chip. Je monte la garde.

— J'aimerais mieux que tu fasses le guet.

— C'est ce que je te dis.

— Mais non ! Tu viens de me dire que tu voulais apporter la garde dans les étages. »

Becky grogna.

Chip sonda la pièce et détecta une table sur laquelle se trouvaient plusieurs ordinateurs.

« J'ai trouvé une table sur laquelle il y a plusieurs ordinateurs, Becky, lui cria-t-il.

— Y en a-t-il un qui fonctionne avec des piles ?

— Oui. Un seul. Les piles sont incorporées.

— Parfait ! La chance va peut-être commencer à nous sourire. Il n'y a plus qu'à espérer que papa s'en sorte.

— Ton père a-t-il des problèmes ? s'enquit M. Cooney en s'approchant de la classe.

— Heu... oui : il a été assommé, répondit nerveusement Becky. Il a perdu connaissance.

— Et toi, à propos, que fais-tu ici ? » demanda M. Cooney, suspicieux.

A ce moment, Chip parla :

« Je suis prêt à essayer l'ordinateur. Assure-toi que personne n'arrive. »

Chapitre 9

M. Cooney fit irruption dans le laboratoire.

« Que mijotes-tu avec cet ordinateur ? demanda-t-il, furieux.

— Rien de mal, s'interposa Becky. Il... il s'ennuyait et il voulait jouer à des jeux vidéo. »

M. Cooney gronda.

« La belle excuse ! Réponds-moi, Carson ! »

Les fichiers de l'androïde étaient combles et prêts à disjoncter, aussi éteignit-il tous ses programmes de conversation. Il ne pouvait plus parler, mais son programme de logique opérait encore et mettait au point un plan de sauvetage. En s'assurant que le professeur ne le voyait pas, Chip saisit une disquette vierge et la camoufla sous sa chemise.

« Puisque tu refuses de répondre, tempêta M. Cooney, je vais te conduire chez Masters. Il décidera de ton sort.

— Chip n'a rien fait de mal, s'indigna Becky. Il jouait seulement avec votre ordinateur à la noix.

— J'interdis qu'on touche à cet ordinateur !

s'emporta M. Cooney en attrapant Chip par le bras. Sors d'ici, vaurien. »

L'androïde ne répondit pas. M. Cooney le fit sortir de la pièce. Becky les suivait juste derrière. Chip fit un rapide bilan de la situation et vit que, dans quelques secondes, ses fichiers déborderaient !

« Où emmenez-vous mon frère ? demanda Becky. Lâchez-le.

— Nous y voilà, dit M. Cooney. C'est le bureau du proviseur. Ton frère va expliquer à Masters ce qu'il fabriquait dans mon laboratoire. »

La pièce n'était éclairée que d'une lampe alimentée sur piles. Chip reconnut M. Masters, M. Grosbeak, Mlle Baxter et M. Axelrod. Mais sa mémoire s'emplissait si vite qu'il lui fallait résoudre son propre problème avant d'envisager de communiquer avec tous ces gens.

Une fois déjà, il avait utilisé les minuscules électro-aimants qu'il avait au bout des doigts pour lire une disquette. Arriverait-il maintenant à enregistrer son fichier par le même moyen ?

« Mon frère n'a rien fait de mal ! protesta Becky.

— Chip Carson, décréta Masters, il y a un moment que nous t'avons à l'œil. Tu es coupable de bien des méfaits. »

L'androïde mit la main sur la disquette qu'il avait sous sa chemise. Il la parcourut du bout de son index dans un mouvement de spirale, y inscrivant magnétiquement les informations contenues dans sa mémoire.

« Dis quelque chose, Carson ! » ordonna M. Masters.

Chip relut les informations qu'il avait inscrites sur la disquette. Elles correspondaient bien à celles qu'il avait eues en mémoire. En quelques secondes, il transféra le reste de son fichier. Il pouvait maintenant fonctionner normalement !

« Carson, répéta sévèrement le proviseur, si tu ne me réponds pas, je serai obligé de prendre des mesures. Tu me donnes un sacré mal de crâne. »

Chip réactiva son programme de conversation.

« Si vous avez la migraine, répliqua-t-il, c'est de l'aspirine qu'il faut prendre, pas des mesures.

— Comment ? s'écria M. Masters, indigné.

— Il parle toujours ainsi, expliqua M. Grosbeak.

— Il semble être rudement indiscipliné, ajouta Mlle Baxter.

— Que va-t-il nous inventer ? dit M. Axelrod en saisissant un bloc-notes. Je voudrais bien savoir ce qu'il a derrière la tête. Que voulais-tu dire, Chip ?

— M. Masters a affirmé qu'il allait prendre des mesures, répondit l'androïde. Je pensais qu'il ferait mieux d'utiliser de l'aspirine. »

Becky maugréa :

« Chip, tu te sens bien ?

— Oui, et toi ?

— Je me tourmente beaucoup pour papa,

répondit-elle. Je voudrais bien savoir comment il se porte. Y a-t-il quelqu'un avec lui ? demanda-t-elle à M. Masters. Il ne faudrait pas le laisser seul.

— Nous l'avons amené à un poste de secours que nous venons d'organiser, l'informa le proviseur. C'est à l'extérieur du gymnase, salle 35. »

Becky parut déchirée :

« Je ne peux pas abandonner Chip.

— Et pourquoi pas ? lui demanda M. Masters. Nous allons nous occuper de lui.

— C'est bien ce que je crains. Mon frère est épuisé. Il a passé toute la nuit debout. Vous allez le perturber et lui faire dire des choses qu'il ne pense pas.

— Alors, pourquoi a-t-il tenté de se servir de mon ordinateur ? questionna M. Cooney. Je ne crois pas un mot de ce que tu racontes, ma petite, et Chip ne m'a pas donné sa version. Vous agissez de façon suspecte, tous les deux.

— Écoutez, s'emporta Becky. Je vous ai promis que Chip ne faisait rien de mal. Et vous n'avez aucune preuve du contraire. Rien ne manque dans votre laboratoire et il n'a pas abîmé votre ordinateur.

— Je n'ai fait que l'allumer et l'éteindre, dit Chip. Il n'y a aucun dégât.

— Passionnant, ironisa Mlle Baxter. Tu t'y connais, en informatique ?

— Oui, rétorqua l'androïde. Je comprends tout très bien.

— Aurais-tu dérobé un ordinateur ? insista la femme en fermant à demi les yeux.

— Chip n'est pas un voleur, affirma Becky. Et puis, où voulez-vous qu'il dissimule un ordinateur ? Sous sa veste ?

— Mais qu'a-t-il, exactement, sous sa veste ? demanda M. Axelrod. Carson, tu n'as pas retiré ta main de dessous ta veste depuis que tu es là.

— Je me gratte, répondit Chip en utilisant son programme de phrases toutes faites. Ça me démange.

— Montre-nous ta main, ordonna M. Cooney.

— Je ne peux pas », répondit l'androïde.

Son programme d'auto-préservation lui interdisait de montrer la disquette à qui que ce fût. Si elle était endommagée, le fichier serait détruit, et la mémoire partie pour toujours.

« Il a probablement froid, suggéra Becky avec un rien de nervosité. Ce n'est pas cela, Chip ?

— Non, répondit celui-ci. Il fait chaud, sous ma veste. »

Becky soupira.

« Je veux dire que tu aurais froid si tu sortais ta main de sous ta veste.

— C'est logique, répondit Chip. Pouvons-nous aller voir notre père, maintenant ? »

Il coinça la disquette sous la ceinture de son pantalon pour ne plus avoir à la tenir.

« Pas encore, répondit M. Masters. Chip, on t'a accusé d'avoir volé les valises de M. Grosbeak, de t'être déguisé en fantôme, d'avoir espionné, volé du matériel aux Industries Techniques de

Harbor et de t'être introduit sans autorisation dans le laboratoire de M. Cooney.

— Ce n'est pas la première fois qu'il attire les soupçons, ajouta M. Grosbeak. Avant la fin de son premier jour au collège, il était accusé d'avoir volé des trophées dans leur vitrine.

— Son innocence a été prouvée, rappela Becky. C'était Tad Taggart, le voleur.

— Alors, explique-nous pourquoi les soupçons pèsent toujours sur lui, continua M. Grosbeak.

— Chip est si honnête et si loyal que les gens en profitent. Croyez-moi, si vous le connaissiez vraiment, vous sauriez qu'il est tout simplement incapable de voler. » Elle se tourna vers M. Masters : « Je vous en prie, si vous n'avez pas sérieusement l'intention de nous accuser, laissez-nous partir.

— Tu peux partir, Becky, lui répondit M. Masters. Mais j'aimerais que Chip reste ici jusqu'à ce que nous ayons éclairci tous ces mystères.

— Très bien, dit Becky à contrecœur. Peut-être mon père est-il revenu à lui, maintenant. Il apportera sans doute une solution à tout cela. Je reviens le plus vite possible, Chip.

— D'accord, répondit l'androïde. Au revoir. »

Becky quitta la pièce.

« A mon avis, c'est ce garçon qui a volé notre matériel, affirma Mlle Baxter. Il a joué avec le terminal de notre ordinateur, il a pu activer R.A.D.

— Qui est R.A.D. ? demanda M. Cooney.

— Le prototype des robots Attaque/Défense, expliqua Mlle Baxter. C'est un robot expérimental conçu dans le plus grand secret pour le gouvernement par les Industries Techniques de Harbor.

— Cela semble dangereux, dit M. Cooney. Mais comment un jeune garçon peut-il le voler ?

— Je répondrai à cette question, coupa M. Grosbeak. Ce garçon est très intelligent. C'est un as en informatique et il peut sans problème voler un robot.

— Mais je ne l'ai pas volé », lui rappela Chip.

M. Cooney l'ignora.

« S'il est assez petit pour être volé par un enfant, il ne doit pas être bien dangereux.

— Il pèse quatre cents kilos, répondit fièrement Mlle Baxter. Il sait se défendre contre les attaques.

— Je ne peux pas porter quatre cents kilos, remarqua Chip.

— Un instant, interrompit M. Masters. Vous ne m'aviez pas dit qu'il était de cette importance-là. Comment voulez-vous que Chip l'ait dérobé ?

— C'est un crack en informatique, répondit M. Axelrod, pensif. Il a pu ordonner au robot de sortir et de se cacher quelque part dans le bâtiment. »

M. Masters était abasourdi.

« Vous voulez dire qu'un robot-meurtrier de quatre cents kilos se promène en liberté dans le lycée alors que nous n'avons pas d'électricité et qu'un cyclone se déchaîne à l'extérieur ?

— Oui, mais nous tenons celui qui contrôle tout cela, répliqua M. Grosbeak en désignant Chip.

— Alors, Chip, où est-il ? demanda Mlle Baxter. Si tu nous l'avoues maintenant, nous ne t'enverrons peut-être pas à la prison pour mineurs.

— *Nous voulons Chip ! Nous voulons Chip !*

— Qu'est-ce que c'est que ça ? questionna M. Masters en se tournant vers la porte du bureau.

— On dirait un groupe d'enfants, répondit Mlle Baxter.

— *Nous voulons Chip ! Nous voulons Chip !* » scandèrent encore les voix.

M. Axelrod ouvrit la porte et déclara :

« Effectivement, c'est un groupe d'enfants qui s'égosillent. »

M. Masters sortit de son bureau pour se faire une idée de la situation. Erin, Mario, P.J., Alex, Jenny et Scott se tenaient debout dans le couloir.

Nous voulons Chip ! Nous voulons Chip ! crièrent-ils.

« Que faites-vous donc ? leur demanda M. Masters.

— Nous voulons que vous cessiez d'accuser Chip, répondit Erin.

— Parfaitement, ajouta Mario. Aujourd'hui

ıême pas un jour de classe, alors pour-
:tenir Chip dans le bureau du proviseur ?
Nous avons un problème urgent à régler, répondit M. Masters. Vous, les enfants, j'exige que vous retourniez au gymnase. Ce qui se passe ici ne vous regarde pas. »

Il tourna les talons et rentra dans le bureau.

Nous voulons Chip ! Nous voulons Chip !

« Qu'est-ce que c'est que tout ce bruit ? s'enquit Max La Rue en pénétrant dans le bureau juste derrière M. Masters.

— Salut, Max, dit Chip. Mes amis veulent me voir, mais M. Masters préfère que je reste ici.

— Quel garçon recherché !

— Mais que portez-vous là ? demanda M. Masters.

— Je pense que c'est un genre de terminal d'ordinateur, répondit Max. Je l'ai trouvé dans le hall.

— Posez-le sur mon bureau, ordonna M. Masters.

— *Nous voulons Chip ! Nous voulons Chip !* »

M. Masters se dirigea vers la porte.

« Retournez immédiatement au gymnase, vociféra-t-il. Chip vous y rejoindra dans quelques minutes. Essayez de comprendre, s'il vous plaît. Nous lui posons juste quelques questions.

— *Nous voulons Chip ! Nous voulons Chip !* »

M. Masters claqua la porte.

« C'est le cyclone qui les excite. Ne nous occupons pas d'eux et réglons cette affaire. »

Il se tourna vers Max.

« Alors, ce terminal d'ordinateur ? Et puis qui êtes-vous ?

— Maximilien La Rue. J'ai découvert ce terminal dans le hall et je vous l'ai apporté pour que personne ne se prenne les pieds dedans.

— Merci », dit Mlle Baxter. Elle se tourna vers M. Masters.

« C'est bien l'un des terminaux de commande à petite distance des Industries Techniques de Harbor. Il a été conçu pour diriger un robot.

— Quel robot ? s'enquit Max.

— Aucune importance, rétorqua vivement M. Axelrod. Merci de nous l'avoir apporté. Maintenant, excusez-nous.

— Il n'y a pas de quoi », dit Max.

Il quitta la pièce et se fondit dans l'obscurité.

« Ce type me semble suspect, décréta M. Axelrod.

— C'est aussi mon avis, dit Mlle Baxter, suivons-le.

— Salut ! dit Chip. Amusez-vous bien à espionner !

— Qu'entends-tu par... espionner ? demanda M. Masters.

— Max est au courant de tout, en ce qui concer... »

Boum ! Boum ! Boum !

Nous voulons Chip ! Nous voulons Chip !

« Les voilà qui tapent sur les murs, maintenant ! s'exclama M. Masters. Il va bien falloir que je prenne une décision. Monsieur Grosbeak, pourriez-vous réunir quelques professeurs pour ramener ces enfants à leurs parents ?

— Avec plaisir, répondit M. Grosbeak.

— Je vous accompagne, proposa M. Cooney. Nous ne pouvons pas laisser... Ouuuuf ! »

M. Cooney avait trébuché et avait heurté M. Grosbeak. Ils s'écroulèrent tous les deux, déséquilibrant la lampe qui trônait sur le bureau de M. Masters.

Bing !

La lampe tomba, se brisa, et la pièce sombra dans le noir absolu.

« Ma lampe de poche ne fonctionne pas ! cria M. Grosbeak.

— La mienne non plus, dit M. Cooney.

— Voici la mienne, fit le proviseur. Je vais voir si je peux en emprunter une aux enfants qui sont dans le couloir. »

M. Cooney et M. Grosbeak quittèrent la pièce pour se rendre dans le gymnase. M. Masters gagna le couloir à tâtons.

« L'un de vous peut-il me prêter une lampe de poche ?

— Donnez-nous Chip, réclama Erin. J'échange ma lampe contre Chip.

— Ça suffit ! s'écria M. Masters, furieux. Si vous cherchez des problèmes, garnements, vous êtes venus au bon endroit ! »

P.J. se mit à hurler.

« Qu'est-ce que tu as, P.J. ? lui demanda Jenny.

— J'ai vu un fantôme, là, à l'angle, s'écria P.J. en désignant un endroit tout proche.

— Il n'y a pas de fantômes, s'indigna M. Masters.

— Mais j'ai vu quelque chose bouger dans le noir ! » cria P.J.

M. Masters soupira :

« Où ? Montre-moi.

— Juste là !

— Elle a raison ! hurla Mario, c'est bien un fantôme ! »

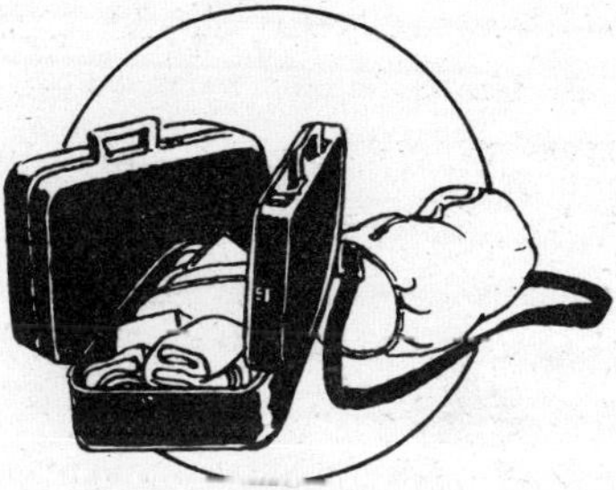

Chapitre 10

« Que se passe-t-il ? » s'écria M. Masters. Il remonta le couloir et se cogna contre le mur. « La peste soit de cette obscurité. Je n'y vois rien !

— Hiiiiiii, cria encore P.J.

— Moi aussi, je l'ai vu », glapit Mario.

Depuis le bureau, où il était resté, Chip essaya de voir ce qui se passait dans le couloir. Au ras du sol, une petite lumière avançait vers lui. Il ajusta son infravision et découvrit que c'était Erin à quatre pattes. Elle tenait dans la main un stylo-lampe.

Crac ! Paf ! Boum ! Le programme de détection auditive à longue distance de Chip perçut des bruits retentissants provenant du couloir.

« Viens, Chip, murmura Erin. Maintenant, tu as l'occasion de t'échapper.

— Mais M. Masters me l'a interdit, répondit l'androïde à voix basse.

— Becky m'a demandé de venir te chercher, dit Erin en lui empoignant la main. Ils ne remarqueront même pas que tu es parti.

— Très bien, fit Chip. Qu'est-ce que c'est que tout ce bruit ?

— Scott et Alex font semblant d'être des fantômes, expliqua Erin. C'est pour que tu puisses t'échapper. M. Masters ne reviendra pas avant quelques minutes. Tu peux compter sur les copains pour le distraire un moment. »

Bang ! Boum ! Crac !

Quelque chose entra en force dans le bureau, laissant un énorme trou dans le mur.

« Qu'est-ce que c'est ? cria Erin. Je n'y vois rien.

— Je ne crois pas que ce soit Alex ou Scott, répondit Chip. Ça ne dégage pas de chaleur, ça n'est pas vivant.

— Cesse de jouer à l'idiot, dit Erin. Ça ne peut être que Scott et Alex. Mais regarde ce qu'ils ont fait ! Les cloisons doivent être affreusement minces. Pourquoi n'avez-vous pas pris garde, les garçons ? »

Aucune réponse.

« Scott ? Alex ? »

Toujours pas de réponse.

« Chip, tu ne crois pas aux fantômes, n'est-ce pas ? demanda nerveusement Erin.

— Je n'ai aucune raison de croire en leur existence, répondit le garçon-ordinateur.

— Alors, qu'est-ce qui a défoncé le mur ?

— Un robot, répondit Chip.

— Quoi ? s'écria Erin. Comment le sais-tu ?

— Il y a écrit R.A.D. sur son bras, expliqua

Chip. R.A.D. est le nom du robot des Industries Techniques de Harbor.

— Chip, tu es fou ! Il fait si noir, j'y vois à peine. Comment peux-tu lire quelque chose ?

— J'ai de bons yeux. Je vois un robot de deux mètres dix, avec des bras énormes qui se terminent par des serres crochues. Il se dirige droit vers nous.

— Non ! » hurla Erin.

Le robot-meurtrier s'approcha et avança le bras. Il saisit quelque chose sur le bureau de M. Masters. Le programme de reconnaissance des formes de Chip identifia le terminal de l'ordinateur des Industries Techniques de Harbor.

« Chip, chuchota Erin, catastrophée, s'il nous faisait du mal ? Viens, ce n'est pas le moment de jouer aux héros. »

Tout à coup, le robot se tourna vers Chip et Erin, le terminal de l'ordinateur sous le bras. Son autre bras était tendu devant lui.

L'énorme machine se déplaça lentement, mais sûrement, le bras tendu vers Chip. L'androïde attrapa le bras épais et le tordit aussi fort qu'il put.

Hop !

Le robot envoya Chip en l'air.

Boum !

L'androïde atterrit sur le bureau, qui, sous le poids de ses deux cent dix kilos, se brisa en deux.

« Chip, cria Erin, ça va ?

— Oui, répondit l'androïde en vérifiant rapidement le bon fonctionnement de tous ses circuits. Pas de casse.

— Aaaah ! Le robot m'attaque, hurla Erin. Au secours ! »

Chip sauta sur ses pieds et bondit sur le robot géant. Il escalada son dos et empoigna son bras déjà tendu.

Zip ! Boum !

Une fois encore, Chip vola dans les airs. Cette fois-ci, il s'écrasa sur une chaise qui vola en éclats.

« Laisse-moi tranquille, minus ! » hurla Erin en évitant de justesse la pince du robot qui se referma d'un bruit sec.

Chip se redressa et courut devant la machine de métal. Comme il levait les bras pour l'attraper, la disquette tomba de sous sa veste.

Avant qu'elle n'ait atteint le sol, le robot des Industries Techniques de Harbor l'avait saisie vivement dans l'une de ses pinces géantes.

« Rends-moi ça ! ordonna Chip. J'en ai besoin. »

Le robot ne répondit pas. Il se retourna, sortit de la pièce et emprunta le couloir. Il se mouvait grâce à des roulettes.

« Il est parti ? demanda Erin en se relevant.

— Il est dans le couloir, répondit Chip. Mais il a pris ma disquette.

— Qu'importe une vieille disquette ? Il aurait pu nous tuer. Si je n'étais pas si souple, il m'aurait emportée.

— J'ai besoin de cette disquette, dit l'androïde. Je vais lui courir après.

— Non, Chip, cria Erin. Il pourrait te faire du mal. Reste ici avec moi.

— Je croyais que tu voulais que je m'échappe ?

— Tout à l'heure, oui. Mais maintenant, je suis sûre que M. Masters ne t'accusera plus de tous les crimes. Ça doit être le robot qui a tout volé.

— Au revoir, Erin, dit Chip. Je pars à sa poursuite.

— Non, Chip ! Je t'en supplie ! »

Chip enfila le couloir. Son infravision détecta des tas de gens qui grouillaient dans le noir. Il se fraya un passage parmi eux à la recherche du robot. Il l'aperçut à l'autre bout du hall et le suivit à toute vitesse.

Chip disparut à un croisement de couloirs. Becky retournait dans le bureau du proviseur. Elle promena le faisceau de sa lampe de poche dans le couloir.

« Mais que se passe-t-il, ici, demanda-t-elle à Jenny Driscoll qui se trouva dans la lumière. Pourquoi les gens ont-ils l'air si terrifié ? Est-ce que mon idée a marché ?

— Chut ! dit Jenny à voix basse. S'il revenait ?

— De qui parles-tu ?

— Du robot, expliqua P.J.

— Comment ? s'écria Becky en regardant nerveusement autour d'elle. Quel robot ? Où ?

— Un robot de deux mètres dix, tout argenté. Il est arrivé dans le hall comme un bolide. Quand nous avons entendu des coups et des cris, nous nous sommes enfuis. Nous avons failli nous faire poursuivre par le robot géant !

— Par le robot géant ? répéta Becky.

— Oui. J'ai promené ma lampe de poche dessus, dit Mario. Il y a écrit R.A.D. sur son bras. »

Becky poussa un soupir de soulagement.

« Où est M. Masters ?

— Je ne sais pas très bien, répondit Mario. Les gens courent dans tous les sens comme des fous en essayant de comprendre ce qui se passe.

— Où est Chip ? » demanda Becky.

Erin, qui était sortie du bureau par le trou du mur, arrivait.

« Je suis désolée, Becky, je n'aurais pas dû le laisser partir.

— Que veux-tu dire ?

— Chip poursuit le robot géant.

— Pas possible ! Par où est-il parti ?

— Par là, dit Erin en désignant le couloir. Mais j'espère qu'il va vite revenir.

— Et s'il ne revient pas ? demanda Becky. Je vais le chercher de ce pas.

— Non, n'y va pas, cria Erin.

— Erin a raison, ajouta Jake. Le robot a enfoncé le mur. Songe à ce qu'il peut faire à quelqu'un.

— Ça m'est égal », dit Becky sur la défensive, et elle partit en courant.

L'androïde suivait le robot à toute vitesse. Il atteignait la vitesse de cent douze kilomètres à l'heure. Mais le robot des Industries Techniques de Harbor était encore plus rapide. Il entra dans une classe.

Mais quand Chip y pénétra à son tour, elle était vide. La pluie se déversait par une fenêtre ouverte que Chip ferma.

Il sonda la pièce et remarqua une petite tache de lumière dorée. En s'approchant, il constata qu'il s'agissait d'une touche du terminal de l'ordinateur. Le robot l'avait abandonné.

« Chip ! Je suis soulagée de t'avoir trouvé, dit Becky en accourant dans la pièce. Que se passe-t-il ? As-tu attrapé le robot ?

— Non, lui répondit son frère, assis devant le terminal. Il a dû s'échapper par la fenêtre, mais il a laissé là cet ordinateur.

— Peux-tu t'en servir pour transférer ton fichier ?

— Non : il n'y a pas de disquette. C'est un vieux terminal que les Industries Techniques de Harbor ont relié au robot par radio. De toute façon, j'ai déjà transféré l'excédent de mon fichier sur une disquette grâce aux microaimants de mes doigts.

— Ah, bravo ! le félicita Becky avec enthousiasme. Maintenant, tu vas te sentir mieux.

— Pas forcément, dit Chip. Le robot a volé la disquette sur laquelle il a fallu que j'enregistre mon fichier central dynacinétique, tant ma mémoire était pleine.

— Qu'est-ce que ça signifie ?

— Mon fichier central contient le résumé de toutes mes expériences : si je le perds, papa devra tout recommencer à zéro.

— N'en possède-t-il pas un double ? s'informa Becky. Il parle toujours de faire des doubles.

— Il n'en aura plus si la maison est inondée.

— Ah, je comprends, soupira Becky. Et papa qui n'a pas repris connaissance ! J'aimerais tant qu'il soit là. Il saurait ce qu'il faut faire. Qu'est-ce que ce robot peut bien vouloir à ta disquette ?

— Je ne sais pas. Tout ce que je sais, c'est qu'il est beaucoup plus fort que moi. »

Clic ! L'écran de l'ordinateur s'alluma.

Robot Attaque/Défense

Circuit disponible

Tapez le mot de passe.

« Mais... qu'est-ce quc c'cst que ça ? demanda Jake, qui entrait dans la pièce.

— Chip ! Tu vas bien ? s'écria Erin, qui arrivait juste derrière.

— Je ne vous complimente pas, tous les deux, leur lança Becky. Vous avez eu trop peur pour me suivre.

— Nous nous sommes rendu compte que nous ne pouvions pas abandonner Chip, expliqua Erin.

— C'est vrai, renchérit Jake. Et puis nous abandonnons la peur des fantômes aux petits.

— Tape quelque chose pour l'arrêter, Chip, suggéra Erin.

— Certains robots n'agissent pas sur l'ordre d'un ordinateur extérieur, dit Chip. Les androïdes sont capables de...

— Ne nous fais pas un cours, Chip, l'interrompit Becky. Essaie de contrôler le robot. »

Chip tapa :

Quel est le mot de passe ?

L'ordinateur répondit :

Je ne vous le dirai pas.

Vous avez droit à trois essais.

« Si tu essayais *Harbortech* ? » suggéra Becky.

Chip tapa le mot.

Faux.

« Essaie *Mot de passe,* proposa Erin. J'ai vu ça dans un film, une fois.

— Je l'ai déjà essayé, répondit Chip.

— Dommage que Paul Fairgate ne soit pas là, dit Erin. Il pourrait faire intrusion dans n'importe quel ordinateur.

— Regarde où ça l'a conduit, souligna Jake. A la prison pour mineurs. Nous ferions peut-être mieux de laisser tomber.

— Non, dit Becky. Le robot court partout en démolissant les murs. Nous devons l'arrêter avant qu'il n'y ait des blessés. »

Chip passa en revue tout ce qu'il connaissait sur les Industries Techniques de Harbor. Il tapa :

Baxter.

L'ordinateur répondit :

Tapez votre nom.

Chip tapa :

Chip Carson.

Il y eut une courte pause, puis :

Bonjour, Chip

Que voulez-vous que je fasse ?

« Qui est Baxter ? demanda Erin.

— Mlle Baxter est l'informaticienne responsable de ce robot, répondit l'androïde.

— C'est elle, le brillant cerveau qui a pondu ce robot, jeta Becky avec colère. Je parie qu'elle est derrière tout ce qui se passe. Allons prévenir M. Masters.

— Attends ! la retint Chip. Je voudrais vérifier quelque chose. »

Il tapa :

Quelles sont les personnes qui ont utilisé le robot dans les six dernières heures ?

Une liste apparut sur l'écran :

Stacy Baxter

John Axelrod

« Ils travaillent tous les deux pour les Industries Techniques de Harbor, expliqua Chip.

— Les gredins ! s'exclama Jake. Essayer de terrifier tout le monde avec leur idiot de robot ! »

Maximilien La Rue

« Qui est-ce ? demanda Erin.

— Quelqu'un que j'ai rencontré dans le hall, répondit Chip. Un touriste. Pourquoi est-il allé programmer ce robot ?

— C'est peut-être lui l'espion qu'ils recherchent, s'écria Becky. Celui qui a volé nos affaires et en a bourré leurs boîtes. »

Après un long temps mort, l'ordinateur ajouta un nom :

Bud Cooney

« Mais c'est le professeur de sciences, dit Erin. C'est peut-être lui l'espion.

— C'est une crapule, ajouta Becky. Il a accusé Chip de vol.

— En plus, il ne nous a pas tellement aidés à réparer le générateur, souligna Chip. Pourquoi a-t-il utilisé ce robot ? »

L'ordinateur inscrivit ensuite :

Jonas Carson

Chip Carson (vous)

Fin de la liste.

« Que fait là le nom de mon père ? demanda Chip.

— Ça alors ! s'écria Erin, stupéfaite. Ton père n'est pas un espion, n'est-ce pas ? »

Chapitre 11

« C'est une chose qui ne me surprendrait pas », déclara M. Grosbeak en pénétrant dans la pièce.

Becky fit volte-face :

« Vous n'avez pas le droit de dire cela. Pourquoi vous acharnez-vous sur Chip et sur mon père ?

— Ça vient peut-être du fait que, quand ils sont dans les parages, les problèmes pleuvent, répondit M. Grosbeak. Notre collège n'a jamais eu autant de soucis que depuis que vous, les Carson, vous êtes installés dans notre ville.

— C'est ridicule, dit Jake. Le collège a toujours eu des ennuis. Vous avez simplement besoin d'un bouc émissaire.

— Que fabriquez-vous avec cet ordinateur ? demanda sèchement le professeur de gymnastique.

— J'essaie de découvrir qui a volé le robot des Industries Techniques de Harbor, dit Chip. Il y a plusieurs suspects. Je voulais tenter de faire revenir le robot.

— Arrête ! ordonna M. Grosbeak. C'est toi qui contrôles le robot depuis le début ! Après la tempête, je t'enfermerai dans un endroit sûr. La police n'aura plus qu'à décider de ton sort. Le robot que tu as volé est couvert par le secret de Défense nationale. M. Axelrod m'a confié que le F.B.I. va s'emparer de l'affaire.

— Il faudra d'abord que vous nous attrapiez ! » cria Erin.

Elle fit signe à Jake qui l'aida à renverser une table pour barrer le passage à M. Grosbeak.

Hop !

M. Grosbeak escalada la table et tenta d'attraper Chip.

« Cours, Chip ! » cria Becky.

L'androïde empoigna le terminal tandis que M. Grosbeak trébuchait sur une chaise.

Chip observa la pièce sombre. Il était programmé pour ne blesser personne, mais il comprit qu'il lui serait difficile de déjouer les attaques du professeur de gymnastique.

Il sonda sa mémoire récente pour y glaner des renseignements et se souvint que la fenêtre était ouverte quand il était entré dans la pièce. Par déduction logique, il avait compris que le robot était sorti par là. Aussi décida-t-il de faire la même chose. Il ouvrit la fenêtre et se glissa à l'extérieur.

« Chip, ne fais pas cela ! Tu vas te blesser ! » cria Erin.

Mais l'androïde était déjà parti !

« Il aurait dû y penser avant de sortir, lança M. Grosbeak. Venez avec moi.

— Non, cria Becky. Chip a besoin de nous. »

Elle s'échappa vers la porte, mais M. Grosbeak l'attrapa.

Jake tenta de la délivrer, tandis qu'Erin grimpait sur la fenêtre et s'immobilisait à l'extérieur contre le large rebord.

La pluie s'abattait sur son visage, et le vent projetait des branches dans les airs. Erin plissa les yeux mais elle ne put distinguer de quel côté était parti Chip.

Elle se dirigea vers la gauche.

Luttant contre le vent violent, elle longea laborieusement le bâtiment jusqu'à ce qu'elle trouve une fenêtre ouverte.

« Chip, tu es là ? » cria-t-elle.

Elle n'obtint pas de réponse et pénétra dans ce qui lui sembla être un vestiaire.

Elle distingua une forme dans un coin sombre.

« Chip ? »

La forme bougea. C'était le robot géant !

« Au secours ! » cria Erin.

L'androïde avait presque fait le tour du bâtiment lorsqu'il entendit un bruit familier. Son programme de détection auditive reconnut les sonorités de la voix d'Erin Jeffries.

Il marcha vers l'origine de la voix et parvint à une fenêtre ouverte. Son programme de détection des objets identifia immédiatement

Erin, retenue prisonnière dans les serres métalliques de l'énorme robot des Industries Techniques de Harbor.

« Lâche-moi, espèce de poubelle montée en graine », criait-elle.

Chip entra par la fenêtre et déposa avec précaution le terminal, puis il courut au robot géant et l'empoigna.

Boum ! Crac !

Le robot projeta Chip à travers la pièce. L'androïde heurta violemment une rangée d'armoires métalliques.

« Arrête de m'écraser, robot stupide, hurla Erin.

— Lâche Erin », ordonna Chip.

Il avança les mains vers le visage métallique du robot et enfonça ses doigts dans l'œil photoélectrique. Zip !

Boum !

Il fut de nouveau projeté contre les vestiaires.

Badaboum !

« J'ai une idée, cria-t-il à Erin. Je vais essayer de diriger le robot avec l'ordinateur. »

Il plongea vers le clavier, mais trop tard. R.A.D. le prit de vitesse et le ramassa de son énorme pince métallique.

« Je crois qu'il t'a entendu, dit Erin. Aïe ! cria-t-elle. Chip, Il faut absolument que tu trouves un moyen de l'arrêter. Il me fait mal.

— Oui, mais comment ? demanda Chip. Il est plus gros, plus fort et plus rapide que moi.

— Je ne sais pas, dit Erin. Tu ne peux pas le

débrancher, ou tourner un bouton ou quelque chose ? »

Chip sonda la surface du robot industriel.

« Il ne semble pas y avoir de bouton à l'extérieur. Et il possède sa propre batterie. Il n'y a rien à débrancher.

— Il doit bien y avoir un moyen, désespéra Erin. Les robots ne sont que des machines idiotes. Toi, tu es intelligent, Chip. Trouve un moyen de l'éteindre avant que... »

Tout à coup, le robot vira sur ses roulettes et sortit comme un bolide, Erin sous un bras et le terminal de l'ordinateur sous l'autre. Chip le poursuivit. Mais voyant que la machine roulait plus vite qu'il ne courait, il sauta de toutes ses forces et...

Hop ! Il atterrit sur le dos de R.A.D.

Le robot stoppa net. Il posa le terminal par terre, glissa la main dans son dos et pinça la peau de plastique de Chip de ses serres acérées, la perforant jusqu'au métal.

Pfttt !

Des étincelles jaillirent du bras de Chip tandis que les pinces sectionnaient un moteur sectoriel synchronisé. De la fumée et de l'huile s'échappèrent de l'entaille. Le bras de Chip fut saisi de mouvements convulsifs absolument incontrôlables ! Chip comprit qu'il risquait d'exciter le robot contre Erin et il descendit de son dos.

R.A.D. ramassa le terminal et roula à toute vitesse jusqu'à une porte ouverte.

« A l'aiiiiide ! »

Des petites flammes couraient sur la blessure de Chip, vacillant sur le moteur mis à nu. L'androïde brûlait !

Il avait une difficile décision à prendre : il était programmé pour aider toute personne humaine en danger. Mais son programme d'auto-préservation lui signalait que le feu se propageait dans son bras. Il ne pouvait pas aider Erin s'il brûlait.

Il ouvrit une petite porte dans son tibia gauche où il possédait une trousse à outils et en retira un minuscule extincteur.

Pchchchch... !

Le feu s'éteignit, mais R.A.D. avait disparu. Chip rangea l'extincteur et examina les dégâts. Le moteur de son avant-bras gauche était hors d'usage. La main pouvait encore s'ouvrir et se fermer, mais le poignet ne pouvait pas bouger. Sa manche était déchirée et l'ouverture béante de son bras remplie d'une écume blanche.

« Salut, Chip, comment ça va ? »

L'androïde se retourna. Max La Rue était derrière lui et dirigeait le faisceau de sa lampe de poche droit sur le bras de Chip.

Chapitre 12

« Que t'est-il arrivé ? demanda Max. Tu ne vas pas bien ? »

Chip se détourna et roula soigneusement sa manche jusqu'à ce qu'elle recouvre la blessure.

« Attrag oto, répondit Chip. Fapa yandro waroun.

— Hein ? Répète ! Je n'ai rien compris. »

Chip analysa son régulateur interne de voltage. Sa lutte avec R.A.D. avait drainé sa réserve électrique. Déjà ses circuits vocaux fonctionnaient de travers. Il fallait qu'il trouve un moyen de se recharger complètement, ou bien son activité serait définitivement compromise.

« Laisse-moi jeter un coup d'œil à ce bras », dit Max en se rapprochant.

Chip secoua la tête et recula. Ses circuits logiques fonctionnaient normalement, mais il était incapable d'expliquer pourquoi il agissait de telle ou telle manière. Il n'y avait qu'une seule solution : courir !

« Quel drôle de gamin ! murmura Max en regardant Chip s'enfuir. J'espère qu'il n'est pas blessé. Il m'a semblé qu'il s'était brûlé sur quelque chose. »

Chip courut à travers les couloirs du lycée jusqu'à ce qu'il arrive à une porte où était inscrit : *Mécanique automobile.* Il entra et aperçut plusieurs moteurs destinés à être étudiés par les enfants.

Il prit rapidement connaissance des principes de fonctionnement des moteurs et en démarra un.

Vrrroummmm !

Il se brancha sur la batterie de douze volts seulement. Mais l'ampérage était suffisant pour activer sa pile à hydrogène et chrome. Au bout de quelques minutes, il était assez rechargé pour affronter le robot.

Mais son système de logique lui rappela qu'il avait été vaincu deux fois par l'énorme robot industriel. Il lui fallait trouver un moyen d'éteindre le robot-meurtrier, bien que l'accès aux circuits de R.A.D. ait été soigneusement clos.

Chip sonda la pièce et y découvrit un chalumeau miniature. Peut-être parviendrait-il à entailler la carapace du robot pour le neutraliser avant qu'il ne commette d'autres ravages.

L'androïde sortit de la pièce en courant et se dirigea vers les escaliers. Il alluma ses détecteurs auditifs et rechercha des bruits susceptibles d'émaner du robot ou d'Erin.

« Erin, cria-t-il à pleins tubes. M'entends-tu ? »

Pas de réponse. Chip parcourut en courant les couloirs et les escaliers sombres, visitant chaque classe l'une après l'autre.

Au troisième étage, son programme visuel de reconnaissance des formes discerna une chose peu commune : un large trou dans le plafond !

Il suralimenta ses moteurs et sauta rapidement. Il se hissa par l'ouverture et se trouva dans un débarras au-dessus du troisième étage. La poussière était si dense qu'il la sentait sous ses pieds par l'intermédiaire de ses détecteurs.

« Erin, es-tu là-haut ? » hurla Chip.

Aucune réponse. Il se déplaça lentement et prudemment et fouilla le grenier. En approchant de l'une des extrémités du bâtiment, il aperçut une faible lueur devant lui. Il vit alors qu'un trou s'ouvrait dans le mur. La pluie s'abattit sur lui. Le robot était quelque part à l'extérieur !

Chip grimpa sur le toit. Il évalua la distance et la direction de son parcours et conclut qu'il se tenait au-dessus du gymnase. Il estima que le vent faisait des pointes de deux cent quarante kilomètres à l'heure, mais grâce à ses deux cent dix kilos, il restait stable. La pluie se déversait de noirs nuages qui obscurcissaient le ciel.

Tout à coup, il remarqua un point de lumière sur le toit. Il comprit qu'il s'agissait de l'interrupteur du terminal de l'ordinateur. Puis, il aperçut une forme sombre qui se déplaçait. Le robot !

« Erin, es-tu là ? » hurla Chip.

Il n'entendit rien que le sifflement du vent et le martellement de la pluie.

Il avança et constata que le toit ondulait. Au centre, il fléchissait dangereusement !

Le robot géant roulait sans discontinuer, allant et venant sur le toit. A chaque fois qu'il s'approchait du centre, le toit s'affaissait un peu plus.

« Pousse-toi de là ! cria Chip. Où est Erin ? »

R.A.D. ne savait pas parler. Mais il se tourna vers Chip.

Chip saisit l'occasion de l'arrêter sur l'heure. Il bondit vers lui. Il alluma le chalumeau miniature et s'agrippa à la machine.

R.A.D. se secoua pour le faire tomber, mais l'androïde tint bon. Il sonda le robot, localisa le panneau ouvrant sur les centres de contrôle et se mit à sectionner les charnières, tout en essayant d'éviter les pinces mortelles.

Zzzzzz !

Chip fit sauter la première charnière. La pluie se déversait sur lui.

Le robot le frappa de sa serre.

Paf !

Chip roula sur le toit. Il se remit sur ses pieds et perçut un craquement. Un rapide calcul lui indiqua la vitesse à laquelle il s'effondrait. Deux centimètres et demi toutes les trois minutes. L'écroulement était imminent.

Chip arracha la grille d'un conduit d'aération, près de lui.

« Que tout le monde évacue le gymnase ! cria-t-il. Le toit va s'écrouler d'un instant à l'autre ! »

Les gens levèrent la tête.

« Mais c'est Chip ! s'écria Jenny. Que fiches-tu là, Chip ?

— Jenny, fais sortir tout le monde. Le toit s'incurve !

— Rends-toi, Carson ! cria M. Grosbeak. Tu as causé assez de dégâts pour aujourd'hui.

— Je vous dis la vérité, cria Chip. Le toit va s'effondrer dans quelques sec... »

L'énorme pince de R.A.D. s'avança et saisit Chip à la gorge.

Boum ! Crac !

Le robot industriel immobilisa Chip sur le toit et baissa sur lui le regard de son œil unique.

Craaaaac !

Le toit s'enfonça encore, laissant apparaître une fissure. La pluie s'engouffra dans le gymnase. La pince de R.A.D. se resserra, sectionnant la peau de plastique multiflex de Chip. Celui-ci se débattit sans parvenir à se dégager.

Chapitre 13

Bien que prisonnier, Chip s'arrangea pour actionner le chalumeau miniature et le diriger vers la poitrine du robot.

Pchchch !

Le panneau s'ouvrit. Chip voulut introduire la main dans la cavité, mais R.A.D. la lui frappa.

Chip fit une nouvelle tentative et atteignit enfin l'interrupteur interne de R.A.D.

Clic !

R.A.D. s'interrompit net au milieu d'un mouvement. Sans perdre une seconde, Chip se dégagea de l'étreinte du robot et courut vers le conduit d'aération. Le toit s'affaissa encore un peu. La pluie se déversait par les fissures et trempait la foule qui se tenait en dessous.

« Sortez du gymnase ! » répéta Chip.

Des cris montèrent. Son infravision montra à Chip la foule paniquée, courant en tous sens. Chip calcula que le toit allait s'écrouler avant que les gens n'aient le temps de s'enfuir. Il jeta un œil à travers le regard et vit une grosse poutre métallique. Les entretoises qui, normalement, maintenaient le toit s'étaient détachées aux premières vibrations. Chip analysa rapidement la situation et courut au terminal de l'ordinateur.

Il tapa furieusement, ordonnant à R.A.D. de descendre par l'orifice d'aération. Il guida l'énorme robot sur la solive métallique, tandis que le toit descendait encore de deux centimètres et demi.

Crac !

Le bras de R.A.D. s'encastra sous le toit.

Le faisceau lumineux d'une lampe de poche balaya l'espace.

« C'est le robot ! cria Jenny. Regardez : il soutient le toit ! »

Toutes les têtes se levèrent dans l'expectative. Le toit tenait ! La tête de Chip apparut dans l'orifice du conduit d'aération.

« Hourrah pour Chip ! cria Mario. Il nous a sauvés ! »

La foule applaudit.

« Attendez ! cria M. Grosbeak. Chip a volé ce robot. Il a volé aussi toutes les autres choses. Autant que vous le sachiez : c'est à cause de lui que le toit menaçait de s'écrouler. »

La foule hua M. Grosbeak.

« Qu'est-ce que c'est que toutes ces boîtes, là-haut ? cria Scott en désignant une petite plateforme près de Chip.

— Ce sont mes valises ! s'exclama M. Grosbeak. Carson, rends-moi mes valises. »

Chip regarda dans la direction qu'indiquait

Scott. Calées dans un coin, plusieurs valises reposaient sur une petite plate-forme de bois. Chip avança prudemment sous le toit, le terminal de l'ordinateur sous le bras. Il trouva un autre conduit d'aération et se faufila dedans.

« Voilà une de vos valises, monsieur Grosbeak ! cria Chip en la lui jetant.

— Non ! » hurla M. Grosbeak.

La valise s'ouvrit au milieu de la chute, libérant des dizaines de livres de bandes dessinées qui s'éparpillèrent sur le sol.

« C'est donc cela qu'il y avait dans ses valises ! s'écria Jenny, médusée. Grosse bécasse lit des bandes dessinées !

— Ne dis pas de mal des amateurs de bandes dessinées ! s'écria Alex. Moi aussi, j'en lis. Mais je n'ai pas lu les *Contes du cochon* depuis l'âge de cinq ans. Ce sont des bandes dessinées pour petits.

— Donne-moi ça ! ragea M. Grosbeak. C'est une édition rare.

— Chip, cria M. Masters. Ne jette plus rien. Descends avant de te blesser.

— Très bien », obtempéra l'androïde en examinant le reste des cartons.

Il constata que la plupart d'entre eux contenaient du matériel électronique appartenant aux Industries Techniques de Harbor, à l'exception d'un seul qui contenait des bouts de ferraille. Il plongea la main dans la boîte et en souleva une poignée. Puis il repoussa la valise dans un coin, traversa la charpente et s'introduisit de nouveau dans le conduit d'aération pour rejoindre R.A.D.

« Que fais-tu encore, Chip ? Je t'ai ordonné de descendre, cria M. Masters.

— Je répare le toit, répondit l'androïde. Les moteurs du robot ne peuvent pas le tenir plus longtemps. »

Chip coinça trois lourdes cales entre le toit et le conduit métallique.

« Il faudrait que quelqu'un monte tout de suite pour fixer ces cales aussi solidement que possible, hurla M. Masters.

— Nous sommes volontaires », dirent deux hommes.

Deux autres se joignirent à eux et tous les quatre montèrent sur le toit.

Chip tapa un ordre sur l'ordinateur :

Lâche le toit et suis-moi.

Le robot laissa tomber ses bras. Le toit s'affaissa légèrement mais resta en place.

Les quatre hommes qui s'étaient proposés arrivèrent avec des cordes pour renforcer la solidité de la réparation.

« Tu as été rudement courageux, dit l'un d'eux à Chip.

— Merci, répondit ce dernier. Je pense que cela va tenir maintenant. »

A cet instant, le vent et la pluie se calmèrent.

« Que se passe-t-il ? » demanda Chip.

Le soleil filtra par un trou dans les nuages.

« C'est l'œil du cyclone, expliqua l'un des hommes. Ça ne durera pas longtemps.

— Nous ferions mieux de nous mettre au travail, dit un autre. Chip, M. Masters exige que tu descendes ton vieux robot dans son bureau.

— Il n'est pas à moi mais je vais l'y amener », promit l'androïde.

Avant d'arriver dans le bureau du proviseur, Chip s'arrêta dans le couloir. Il posa à R.A.D. plusieurs questions avant de taper des instructions. Il procéda à quelques rectifications dans son programme, modifia le mot de passe, puis entra avec le robot. On l'attendait. Outre M. Masters, il y avait là M. Grosbeak, Mlle Baxter, M. Axelrod, M. La Rue, M. Cooney et Becky.

« Oh, Chip, tu es sain et sauf ! cria Becky en se jetant dans les bras de son frère. J'étais si inquiète !

— Bien. Tous ceux qui pourraient être impliqués dans cette affaire sont présents, déclara M. Masters sans transition, sauf M. Carson, qui est toujours sous la surveillance du docteur Thomas. Nous allons débrouiller ce mystère avant que la police n'arrive. »

Sans attendre qu'il ait terminé de parler, M. Axelrod arracha le terminal de l'ordinateur des mains de Chip.

« Donne-moi ça, garnement, ordonna-t-il. Nous te ferons inculper dès que la police arrivera.

— Pourquoi ? demanda Chip. Je n'ai pas volé R.A.D.

— C'est vrai, ajouta Becky. Il a utilisé le robot pour nous sauver tous, mais je suis persuadée qu'il ne l'a pas volé. Où l'as-tu trouvé, Chip ?

— Sur le toit, répondit l'androïde. Il avait dû y monter pour y cacher un peu plus du matériel des Industries Techniques de Harbor.

— Est-ce là que tout le matériel qui nous manque est caché ? s'enquit Mlle Baxter. Pourquoi l'as-tu entreposé là-haut ?

— Ce n'est pas moi qui l'y ai entreposé, protesta l'androïde. C'est le robot.

— Mais c'est toi qui contrôlais le robot, n'est-ce pas ? dit sèchement Mlle Baxter. Nous avons bien compris que ton père et toi êtes des espions.

— Si c'était vrai, interrogea Becky, qui aurait assommé mon père ?

— Ton frère, peut-être, répondit M. Grosbeak. Il est plutôt maladroit.

— Je n'ai pas frappé mon père. Je n'ai pris le contrôle de R.A.D. que lorsqu'il a fallu soutenir le toit.

— C'est vrai ! renchérit Becky. Mon frère est un héros, pas un espion.

— Alors, qui donc est l'espion ? demanda M. Masters.

— Attendez, dit M. Axelrod. Il y a quelque chose qui ne va pas. R.A.D. ne répond plus au mot de passe.

— C'est parce que je l'ai changé, dit Chip.

— Qu'avez-vous fait ? hurla Mlle Baxter. Changer le mot de passe est très dangereux.

— Regardez, il bouge ! » cria Becky.

R.A.D. leva une serre.

Boum ! Crac !

Il l'abattit sur un classeur qui vola en éclats.

« Il devient fou ! cria M. Grosbeak. Arrête-le, Carson, avant qu'il ne tue quelqu'un.

— Je ne peux pas le contrôler, répondit l'androïde. Je l'ai reprogrammé de façon qu'il n'obéisse qu'aux ordres de la personne qui le contrôlait juste avant moi.

— Chip, pourquoi as-tu fait cela ? s'écria Becky. R.A.D. va tous nous tuer !

— J'ai mes raisons, répondit Chip.

— Tout le monde dehors ! » ordonna M. Masters.

R.A.D. barra la porte. Ses pinces gesticulaient sauvagement.

« Qui est-ce qui le contrôle ? demanda M. Grosbeak.

— Il n'est pas contrôlé, répondit l'androïde. Il n'y a que la personne qui l'a programmé juste avant moi qui a le pouvoir de l'arrêter.

— Chip, arrête-le ! cria Becky. Tu y es bien arrivé avant !

— Je ne peux plus », répondit Chip calmement.

Crac ! Bing !

Une chaise vola en éclats. Les pinces de R.A.D. s'ouvraient et se fermaient d'un coup sec. Il tourbillonna comme une toupie et faillit frapper M. Grosbeak à l'estomac. Puis il traversa la pièce sur ses roulettes et empoigna

M. Axelrod qu'il immobilisa, d'une de ses pinces, contre le mur.

« Au secours ! cria ce dernier. J'étouffe !

— Très bien, très bien, glapit M. Cooney. Je vais l'arrêter. »

Il courut au terminal et tapa son nom.

« Monsieur Cooney ? s'étonna Becky.

— Je ne voudrais pas qu'il y ait des morts, dit le professeur de sciences. Ce robot-meurtrier pèse quatre cents kilos de menaces. Arrête ! Il bouge encore. Qu'est-ce qui ne va pas ?

— Arrête, R.A.D. », ordonna Chip. Les bras du robot tombèrent.

« Il n'aurait pas blessé M. Axelrod. Je l'ai programmé pour effrayer seulement.

— Je croyais que tu ne pouvais pas le contrôler, s'écria M. Cooney.

— J'ai menti, expliqua l'androïde. Je l'ai programmé pour suivre mes instructions verbales. J'ai pris connaissance de son fichier. Je savais que c'était vous l'espion, mais le seul moyen que j'avais de prouver mon innocence était de vous pousser à avouer. »

M. Cooney regarda désespérément autour de lui et se prépara à décamper par la porte.

« Attrape-le, R.A.D. », ordonna Chip.

Hop !

Le robot se saisit fermement de M. Cooney.

« Expliquez-vous, monsieur Cooney, demanda M. Masters. Qu'est-ce que c'est que toute cette histoire ? »

M. Cooney rentra la tête dans les épaules.

« Je voulais monter ma propre affaire et arrêter de gaspiller ma vie à enseigner à ces sales mioches, raconta-t-il. Quand j'ai vu que les Industries Techniques de Harbor déménageaient leur matériel, j'ai pensé que si je volais leur robot, je pourrais en fabriquer moi-même.

— Mais comment avez-vous fait pour le voler ? demanda M. La Rue. Comment avez-vous appris si vite à le programmer ?

— Heu... c'est ma faute, dit Mlle Baxter. R.A.D. est assez facile à programmer pour quelqu'un qui s'y connaît en informatique.

— Je n'ai pas eu de difficulté non plus, approuva Chip. Mon père serait sûrement heureux de l'étudier.

— Une minute, dit M. Masters. Qu'est-ce qui nous prouve que M. Carson n'est pas le complice de Cooney ? M. Carson est une espèce d'expert en robotique.

— Ce puritain ? ricana M. Cooney. Il m'a surpris quand je programmais le robot. J'ai été obligé de l'assommer.

— Monstre ! hurla Becky. Chip, ordonne à R.A.D. de l'écarteler.

— Je ne crois pas que ce soit bien, répondit Chip. La police s'occupera de lui.

— Une question ! interrompit M. Masters. Pourquoi avez-vous déguisé le robot en fantôme ?

— Je voulais effrayer les gens pour qu'ils s'écartent des couloirs de façon à dérober le plus de matériel possible aux Industries Techniques de Harbor.

— Ça ne me plaît pas du tout que mon robot terrifie les gens, soupira Mlle Baxter. Il va falloir que je modifie son programme pour le rendre plus calme.

— Et mes valises ? Et mes cartons ? demanda M. Grosbeak. Pourquoi les avez-vous volés ?

— Je me suis servi de ce qu'ils contenaient pour remplir les caisses vides des Industries Techniques de Harbor dans lesquelles j'avais prélevé le matériel. Je ne voulais pas qu'on s'aperçoive tout de suite de tout ce qu'il manquait. Le robot a dû se tromper et porter vos valises en haut avec le matériel électronique. J'ai enfoui des bombes fumigènes dans vos caisses pour décourager les investigations précoces. Je voulais avoir le temps de m'échapper. Tout aurait bien marché sans Chip Carson.

— C'est vrai, reconnut fièrement Becky. Mon frère est un génie.

— Je dois admettre que, pour une fois, il a agi comme il convenait, décréta M. Grosbeak du bout des lèvres. Merci d'avoir sauvé le gymnase et... nous tous avec, Chip.

— De rien, répondit l'androïde.

— Hé ! cria Jake en faisant irruption par la porte. Chip ! Becky ! votre père va bien !

— Que je suis heureuse ! » cria Becky.

Carson arriva dans la pièce, soutenu par le docteur Thomas.

« Les enfants, vous vous tenez à l'écart des problèmes, j'espère ?

— Bien sûr, papa, dit Becky. Le cyclone a presque cessé et nous allons bientôt rentrer à la maison. Comment te sens-tu ?

— Pas trop mal, répondit Carson. Je me sens encore un peu faible, mais le docteur Thomas me prédit un prompt rétablissement. Où est Erin ? J'espère qu'elle a rejoint Cristy et sa famille.

— Erin ? dit Becky. Je l'avais complètement oubliée.

— N'était-elle pas avec toi ? demanda Jake à Chip.

— Non, répondit l'androïde. Elle m'a suivi, et puis le robot l'a emportée. J'ai essayé de faire parler R.A.D., mais tout ce que j'ai pu savoir, c'était qu'elle était saine et sauve. Le lieu où elle se trouve a été effacé de la mémoire. » Chip se tourna vivement vers M. Cooney, toujours prisonnier de R.A.D. « Qu'avez-vous fait d'Erin ? demanda-t-il.

— Vous voulez vraiment le savoir ? maugréa M. Cooney.

— Oui, je le veux, répondit Chip. Si vous ne me le dites pas, je serai obligé de demander à R.A.D. de vous faire parler.

— Très bien, très bien, dit M. Cooney en jetant un regard inquiet vers R.A.D. Elle est enfermée dans un placard au deuxième étage, à côté de la salle 215. Voilà la clef. »

Chip courut au deuxième où il trouva Erin

bâillonnée et ligotée les bras derrière le dos. Il la libéra rapidement.

« Chip, je pensais que tu ne viendrais jamais, cria-t-elle en sautant dans ses bras. Je craignais que tu ne fusses blessé, au moment où l'horrible robot me tenait. Je n'ai rien pu voir. Comment vas-tu ?

— Je vais bien. »

Chip comprit qu'Erin n'avait pas pu voir l'entaille de son bras. Son secret n'était pas divulgué !

« Je crois que, de toute ma vie, je ne supporterai plus de voir un seul robot. Ils sont si terribles ! dit Erin. Pourquoi as-tu mis tant de temps à me trouver ?

— Je suis désolé. Je voulais te libérer, mais je ne savais pas où tu étais.

— Le moins qu'on puisse dire, c'est que je suis heureuse de te voir. Tu es si intelligent que tu tires toujours tout le monde d'affaire. Tu raisonnes avec une justesse dingue !

— Je ne suis pas une cloche, dit l'androïde. Ce sont les cloches qui résonnent et qui font "ding".

— Tu trouves encore le moyen de te moquer ! Mais je ne le retiendrai pas contre toi... si tu restes ici, avec moi, dans le noir, un moment.

— Que voudrais-tu retenir contre moi ? demanda l'androïde.

— Moi !

— Je crois que nous ferions mieux de redescendre.

— Très bien, soupira Erin. Mais je ne renonce pas. »

Plus tard, dans la soirée, quand le cyclone fut passé, la météo annonça que bien qu'il ait beaucoup plu, il n'y avait pas de danger à sortir. Les eaux s'étaient écoulées.

« Partons d'ici ! » s'écria Becky.

Il était déconseillé à Carson de prendre le volant, aussi le docteur Thomas proposa-t-il de conduire à sa place. Quand toutes les affaires furent rassemblées, on alla à la jeep. Le terrain de football où elle était garée était recouvert de quinze centimètres d'eau.

« Je pensais que l'inondation serait plus sérieuse, dit Carson. Ce n'est pas si mal. Je ne pense pas qu'il y ait beaucoup de dégâts chez nous. »

Tout le monde se tut quand le docteur Thomas emprunta avec de grandes précautions la rue.

« Il y a pas mal d'eau, ici, constata-t-il.

— Oh ! regardez cet arbre ! Il a à moitié écrasé cette maison ! Et regardez le poteau de la clôture : il est au milieu de la pelouse !

— Attention, avertit Carson. Il y a une ligne de haute tension qui pend sur la route. »

Le docteur Thomas contourna sur la gauche le fil qui pendait. Puis il amena lentement la voiture du côté de la maison des Carson.

« Maintenant, nous allons voir si notre maison a tenu le coup, dit Carson. Il semble que la plupart de nos voisins soient sous l'eau. Aussi, préparez-vous au pire.

— Nous pourrions retourner dans le gymnase, proposa Chip.

— Non, merci », répondit Becky avec un frisson.

Le docteur Thomas mena la jeep entre les arbres tombés, les voitures écrasées et les maisons ravagées.

« Je vois la maison ! cria Chip. Il ne semble pas qu'il y ait trop d'eau tout autour. »

Splash ! La jeep roula dans une profonde flaque d'eau.

« Tout m'a l'air en bon état, apprécia le docteur Thomas.

— Je tiens à vous remercier pour tout ce que vous avez fait pour nous, dit Carson. Prenez la jeep et faites un saut jusque chez vous pour voir si votre maison a été épargnée.

— Merci. Je veux bien. Je reviens dans quelques minutes. »

Les Carson descendirent de voiture et le docteur Thomas partit en jeep. Carson ouvrait la porte d'entrée quand quelqu'un klaxonna.

« C'est Max », dit Chip après s'être retourné.

Max passa la tête à la fenêtre et fit un signe de la main.

« Bonjour, monsieur Carson. Je suis Maximilien La Rue.

— Enchanté, monsieur La Rue, répondit Carson en se dirigeant vers la voiture bleue.

— Je venais juste vous remettre ceci. Vous pourriez en avoir besoin. » Il tendit à Carson, par la fenêtre, une disquette. « Je l'ai trouvée dans le lycée. J'ai supposé que c'était Chip qui l'avait égarée.

— Je ne l'avais pas perdue, c'est le robot qui me l'avait prise, expliqua Chip. Papa, cette disquette contient le fichier de ma mémoire.

— Ah, très bien ! » fit Carson. Il ajouta vivement : « C'est un jeu informatique de Chip. Merci de vous être dérangé. Il y tient beaucoup. Vous savez comment sont les enfants.

— Je vous en prie, ce n'est rien, répondit M. La Rue. Chip s'est conduit en véritable héros, aujourd'hui. » Il serra la main de l'androïde. « Je suis heureux de t'avoir rencontré, Chip.

— Moi aussi, répondit Chip.

— Bon, il faut que j'y aille, annonça M. La Rue. Je reviendrai peut-être en vacances à Harbor. Au revoir !

— Étrange bonhomme ! s'exclama Becky quand il fut parti.

— Pour d'autres personnes, c'est peut-être nous qui sommes étranges », déclara Carson en entrant dans sa maison avec toute la famille.

Becky monta directement à sa chambre.

« Tout est là ! cria-t-elle. Tout, absolument tout est là !

— Et le sous-sol est sec et archisec ! ajouta Carson, soulagé.

— Gerzip flible tonk », renchérit Chip.

Composition réalisée par C.M.L., Montrouge

IMPRIMÉ EN FRANCE PAR BRODARD ET TAUPIN
Usine de La Flèche (Sarthe).
ISBN : 2 - 01 - 013655 - 1

Le Livre de Poche Clip

Dans la même collection :

SÉRIE : L'ANDROÏDE
de Seth McEVOY

Trop humain pour être vrai...

UN GARÇON VRAIMENT BRANCHÉ !

Le professeur Carson vient de créer la plus fantastique de ses œuvres : un androïde, petit robot ayant l'apparence d'un garçon de treize ans. Chip, branché sur piles électriques, marche, parle, pense. Son corps de métal est recouvert d'une peau de plastique hyperélaborée et jamais on n'imaginerait que ses cheveux blonds sont en nylon...

Pour achever son expérience, le professeur Carson l'a inscrit au collège d'Harbor où lui-même enseigne les sciences naturelles. Mais Chip pourra-t-il conserver son secret ?

QUE LE MEILLEUR GAGNE !

Un grand concours de rock va opposer les « Deep Six » aux « Rats of Harbor ». Chip, l'androïde du professeur Carson, est devenu le batteur des « Deep Six » à la place de Desclous. Son rythme est parfait. Bien trop parfait, selon Desclous qui veut, par tous les moyens, empêcher Chip de jouer.

Par jalousie et méchanceté, Desclous va-t-il réussir à détruire ce chef-d'œuvre d'intelligence qu'est Chip ?

Le professeur Carson tremble d'inquiétude...

A LA MERCI D'UNE PUCE

Accusé de détournement de fonds, le professeur Carson est en prison. Qui a monté une telle machination et pour quelles raisons ? Bien décidés à découvrir la vérité, sa fille Becky et Chip, l'androïde, doivent se montrer très prudents, d'autant qu'en l'absence du professeur le programme de Chip semble montrer quelques défaillances... Et il leur faut à tout prix éviter la jeune Erin qui, secrètement amoureuse de Chip, ne cesse de le poursuivre ! Pourront-ils surmonter toutes ces épreuves sans que le secret de Chip soit découvert ?

LE ROBOT TÉMÉRAIRE

Au cours d'une séance de cinéma, Chip est pris d'une crise étrange. Le Professeur Carson recherche un dérèglement dans ses circuits. En vain, les crises se succèdent, impressionnantes.

Bientôt, des lettres de chantage arrivent chez les Carson. Quelqu'un a pris le contrôle de l'androïde, Chip et Becky sont en danger, le Professeur Carson n'a plus une minute à perdre...

Une intrigue bien menée qui tient toujours le lecteur en haleine.

QUAND LA MORT ENTRE EN SCÈNE

Chip et Becky répètent *La Malédiction du Spectre de Minuit*, une pièce mise en scène par leur professeur, M. Nye.

Mais des incidents étranges ne cessent d'interrompre les répétitions et de semer la panique parmi les comédiens.

Cette pièce serait-elle vraiment maudite ?...

32/0014/4